Nancy 4/69

Asuntos de negocios

Shirley Rogers

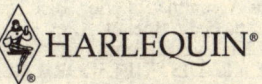

Editado por HARLEQUIN IBÉRICA, S.A.
Hermosilla, 21
28001 Madrid

© 2005 Shirley Rogerson, INC. Todos los derechos reservados.
ASUNTOS DE NEGOCIOS, Nº 1374 - 20.4.05
Título original: Business Affairs
Publicada originalmente por Silhouette® Books

Todos los derechos están reservados incluidos los de reproducción, total o parcial. Esta edición ha sido publicada con permiso de Harlequin Enterprises II BV.
Todos los personajes de este libro son ficticios. Cualquier parecido con alguna persona, viva o muerta, es pura coincidencia.
® Harlequin, Harlequin Deseo y logotipo Harlequin son marcas registradas por Harlequin Books S.A
® y ™ son marcas registradas por Harlequin Enterprises Limited y sus filiales, utilizadas con licencia. Las marcas que lleven ® están registradas en la Oficina Española de Patentes y Marcas y en otros países.

I.S.B.N.: 84-671-2663-9
Depósito legal: B-8619-2005
Editor responsable: Luis Pugni
Composición: M.T. Color & Diseño, S.L.
C/. Colquide, 6 portal 2 - 3º H, 28230 Las Rozas (Madrid)
Fotomecánica: PREIMPRESIÓN 2000
C/. Algorta, 33. 28019 Madrid
Impresión y encuadernación: LITOGRAFÍA ROSÉS, S.A.
C/. Energía, 11. 08850 Gavá (Barcelona)
Fecha impresion para Argentina: 1.3.06
Distribuidor exclusivo para España: LOGISTA
Distribuidor para México: CODIPLYRSA
Distribuidores para Argentina: interior, BERTRAN, S.A.C. Vélez Sársfield, 1950. Cap. Fed./ Buenos Aires y Gran Buenos Aires, VACCARO SÁNCHEZ y Cía, S.A.
Distribuidor para Chile: DISTRIBUIDORA ALFA, S.A.

Capítulo Uno

«Y la ganadora del soltero número diez es... ¡Jennifer Cardon!».

Jennifer se quedó escuchando con la boca abierta a la presentadora de la gala benéfica a la que había acudido con su mejor amiga, Casey McDaniel.

Gritos y aplausos estallaron a su alrededor en el salón de baile del hotel junto al río Elizabeth en el que se encontraban, en el centro de Norfolk.

¿Había ganado?

Con la respiración entrecortada, comenzó a pensar en las consecuencias de haber pujado en la subasta de un hombre.

Desde el mismo momento en el que había accedido a ir a aquel evento donde se iba subastar a solteros conocidos, se había preguntado si habría perdido la cabeza.

El hecho de que hubiera ganado le daba la respuesta.

¡Había pagado para salir con un hombre!

¡Un desconocido!

Mientras el caos amainaba, apretó los dientes y miró a su amiga.

–Casey, te voy a matar –le dijo arrepintiéndose de haberse tomado las tres copas de champán que le habían servido.

Ella no solía beber normalmente y el alcohol mezclado con la insistencia de Casey la había llevado a aquel ridículo momento.

–¿Estás de broma? Esto es lo mejor que te podía suceder –contestó su amiga sonriendo radiante–. ¡Enhorabuena! ¡Esto es fantástico!

–No me puedo creer que me hayas convencido para pujar –le dijo Jennifer forzando una sonrisa.

–Te recuerdo que querías tener un hijo –contestó su amiga.

–¡Pero no con un desconocido!

Era cierto que, a punto de cumplir los treinta, Jennifer sentía la necesidad biológica de ser madre, pero, al no tener novio con el que compartir la vida, sus posibilidades de tener hijos eran nulas.

Desesperada, había comenzado a informarse sobre la inseminación artificial y, cuando se lo había contado a Casey, su amiga le había sugerido que tuviera una aventura con un desconocido y que tuviera al niño sin decírselo.

Era una idea extraña, pero la había hecho pensar.

A diferencia de Casey, que cometía todo tipo de locuras, Jennifer se sentía incapaz de hacer algo así, pero se encontró fantaseando sobre la subasta de solteros, la oportunidad perfecta para conocer a alguien especial, un hombre del que podía terminar enamorándose, un hombre que pudiera ser el padre de su hijo.

–Es mejor acostarse con un desconocido que ir a una clínica de inseminación artificial –bromeó su amiga.

–Esto no tiene ninguna gracia. ¿Qué pasaría si se enteraran en el trabajo?

Jennifer era vicepresidenta de una próspera empresa de software informático y, si se enteraban de que había pagado más de mil dólares por salir con un hombre, su imagen no saldría muy bien parada.

Les iba a dar igual que el dinero recaudado fuera con fines benéficos. Pudiendo hablar mal de alguien, ¿qué importaba la beneficencia?

–Disfrútalo, Jennifer. Relájate. A lo mejor, resulta que este hombre es el hombre de tus sueños.

–Ya –contestó Jennifer.

Sabía que eso era imposible pues Alex Dunnigan, su jefe y director ejecutivo de Com-Tec, sólo estaba interesado en sus dotes empresariales.

En los cinco años que llevaba trabajando para él, jamás la había mirado como a una mujer deseable.

–Jennifer, por favor, venga a reunirse con las demás afortunadas en el escenario –dijo la presentadora.

Jennifer se tapó la cara con las manos.

–¡Esto no puede estar sucediendo!

Casey se rió.

–¡Jennifer! Te están llamando. Tienes que ir.

–No puedo –contestó Jennifer–. Ve tú, por favor –le rogó tomándola de las manos.

–¡Jennifer! –insistió su amiga–. ¡Te están esperando!

En cuanto Jennifer se puso en pie, el público allí reunido comenzó a aplaudir entusiasmado. Jennifer miró a su alrededor sonrojada de pies a cabeza.

La euforia era increíble. Había mujeres gritando y aplaudiendo por todas partes. Jennifer sentía que le fallaban las piernas.

–Venga –le dijo Casey dándole un empujón.

–¡Ya voy! –contestó Jennifer.

De repente, salió de la nada un foco que la acompañó durante el trayecto hasta el escenario.

Jennifer sentía que la cara le ardía y rezó para que la tierra se abriera y se la tragara. ¡Ojalá pudiera dar marcha atrás en el tiempo!

La presentadora, una guapa mujer de cuarenta años, le sonrió mientras Jennifer se pasaba las palmas de las manos por el traje dorado que había elegido para la ocasión.

Eso le pasaba por hacer favores. Miró a su alrededor en busca de Mary Davis, la tía de su jefe, la anciana que la había convencido para que acudiera a aquel evento.

Jennifer había sido incapaz de decirle que no cuando la mujer le había pedido personalmente que acudiera porque era para recaudar dinero con fines benéficos.

Debía hablar con ella cuanto antes para explicarle que todo aquello se les había ido de las manos.

No quería ni imaginarse lo que iba a pensar Alex cuando se enterara de todo aquello. Seguro que su tía se lo contaba.

Bastante tenía ya con que le gustara y él no le hiciera ni caso como para ahora, encima, tener que soportar sus bromas.

Lo cierto era que la relación platónica que había entre ellos era lo mejor que podía haber porque, si algún día surgiera otro tipo de relación, con los antecedentes que tenía Alex, seguramente Jennifer saldría mal parada.

Alex Dunnigan no creía en relaciones largas y ella no podría soportar ser una más de sus constantes conquistas.

Jennifer se acercó a los escalones con piernas temblorosas. Se habría caído si no hubiera sido porque un chico de unos veintiocho años, como su hermano pequeño, salió a recogerla con una gran sonrisa.

Aceptando su brazo, Jennifer sonrió y ocupó su lugar en el escenario junto con las otras nueve mujeres.

Estupendo, no veía a Mary Davis por ninguna parte, así que iba a tener que aguantar toda aquella odisea ridícula ella sola.

Con el corazón acelerado, sonrió y fingió que se lo estaba pasando en grande, diciéndose que tenía que aguantar y que, tarde o temprano, podría hablar con Mary Davis y decirle que se iba.

Por supuesto, pagaría el dinero que había pujado, pero no quería ni oír hablar de la cita con el soltero en cuestión.

–¡Muy bien, señoritas, ha llegado el momento de que conozcan a su soltero de oro! –anunció la presentadora–. No se den la vuelta todavía porque tenemos que colocar a cada hombre justo detrás de cada una de ustedes. Les vamos a tapar los ojos, así que cuando demos la señal, ustedes se dan la vuelta y le quitan el pañuelo de los ojos.

Jennifer oyó pisadas en el escenario y sintió la presencia de alguien detrás de ella.

Todo aquello era ridículo.

¿Qué tipo de hombre se dejaría subastar?

Jennifer se sonrojó de pies a cabeza porque el hombre que tuviera detrás debía de estar pensando lo peor de ella; al fin y al cabo, había pagado para pasar una noche en su compañía.

Resignada a que estaba atrapada durante un rato, tomó aire varias veces y percibió un olor que le gustó y que le resultaba familiar.

Era imposible, pero hubiera jurado que aquella colonia era la misma que la de...

No oyó la orden para que se girara, pero vio que las otras mujeres lo hacían y las imitó. La sangre se le había agolpado en las sienes y el martilleo hacía que no oyera los gritos y los aplausos del público.

Las otras mujeres ya estaban quitándole el pañuelo a sus citas, así que Jennifer se armó de valor para hacer lo propio.

Al instante, el corazón se le paró.

¡Alex!

No se lo podía creer.

Ante sí, tenía a su jefe ataviado con un esmoquin que le sentaba tan bien que parecía hecho a medida.

Probablemente, lo fuera.

Jennifer se quedó mirando a su jefe, que aparentemente sonreía encantado. Sin embargo, ella lo conocía bien y sabía que no le hacía ninguna gracia encontrarse en aquella situación porque le latía la vena de la sien derecha.

¿Cómo se sentiría cuando la viera ante sí?

Iban a estar los dos muy incómodos.

Jennifer se tranquilizó un poco al comprender que, si él tampoco estaba a gusto allí, estaría deseando acabar con todo aquello cuanto antes.

Al ser pareja, podrían ponerse de acuerdo para, disimuladamente, salir de aquel lío.

Jennifer no pudo evitar mirarlo de arriba abajo. Aquel hombre exudaba erotismo por los cuatro costados.

Desde luego, iba a tener que darle las gracias a Mary por haberle dado la oportunidad de observar a su jefe de cerca sin que lo supiera.

—Parece que nuestra última ganadora es un poco tímida —le dijo la presentadora al público haciéndolo reír—. Estamos esperando, bonita.

Jennifer se dio cuenta de que era la única que no le había quitado el pañuelo a su cita y, comprendiendo que no le quedaba otro remedio, alargó las manos para hacerlo. En ese momento, Alex se las tomó entre las suyas y juntos quitaron el pañuelo.

Al verse frente a frente, se quedaron mirando a los ojos.

—¿Jennifer?

Alex había reconocido el penetrante aroma en cuanto lo pusieron detrás de ella, pero se había dicho que debía de ser otra mujer con el mismo perfume.

Ni en sueños habría pensado que era ella.

Claro que no se quejaba porque la segunda de a bordo de su compañía era una mujer increíblemente guapa que estaba preciosa con un vestido dorado que realzaba su silueta y que tenía un escote maravilloso.

Alex sintió que el estómago se le encogía y que una espiral de deseo recorría su cuerpo.

–Hola –lo saludó Jennifer mirándose en sus sensuales ojos azules–. ¡No me puedo creer que seas el hombre por el que he pagado!

Alex sonrió sin soltarle las manos, aliviado de que fuera ella, pero sin poder llegar a creérselo.

¡Era Jennifer!

¡Su Jennifer!

Alex miró a su alrededor y comprendió que era cierto, que Jennifer lo había ganado. Volvió a mirarla y vio que estaba hablando.

–¿Cómo? –le dijo, porque no la oía con tantos aplausos y gritos.

Jennifer se acercó para repetirle la pregunta y, al hacerlo, aspiró su olor y sintió que la cabeza le daba vueltas.

–¿Qué haces aquí?

–Mi tía me convenció para que viniera –contestó Alex.

Llevaba más de una hora en una habitación con los demás solteros, preguntándose cómo demonios se había dejado convencer para participar en aquella locura.

Lo cierto era que, aunque en su vida diaria era un poderoso hombre de negocios, cuando su tía preferida le pedía algo no podía decirle que no.

Pero la velada no podía haber salido mejor porque, siendo Jennifer su pareja, seguro que no habría ningún problema en mantener aquello en secreto.

Nadie se enteraría en el trabajo y no tendría que soportar las bromas de los empleados.

–Ah –dijo Jennifer comprendiendo.

Así que Alex tampoco quería estar allí. Muy bien porque, aunque le gustaba, no podía aprovecharse de él.

¿O sí?

–No sabía que ibas a venir –dijo Alex alzando la voz.

Jennifer intentó apartar las manos, pero él no se lo permitió.

–Yo también he venido para hacerle un favor a tu tía.

–Entiendo –contestó Alex sin entender nada.

De todas las mujeres que conocía, hubiera dicho que Jennifer sería la última en pagar para salir con un hombre.

Era casi tan alta como él y, aunque Alex solía salir con mujeres voluptuosas, su figura delgada y fibrosa le había interesado desde el momento en el que la había contratado.

La generosa cantidad de piel que dejaba al descubierto el vestido que había elegido para la ocasión no lo estaba ayudando en absoluto. Además, llevaba el pelo recogido, dejando a la vista las curvas de su cuello.

Alex sintió que el calor se apoderaba de su cuerpo.

–No es lo que parece –se apresuró a explicarle Jennifer para que no tuviera la impresión de que tenía que pagar para que los hombres salieran con ella.

–¿Ah, no? –sonrió Alex.

–Yo no quería pujar por ninguno de los solteros –le explicó Jennifer.

Claro que pasar una noche con él constituía toda una tentación, una tentación demasiado potente.

Sin embargo, sabía que era un hombre que huía del compromiso y, de hecho, la rapidez con la que las mujeres entraban y salían de su vida demostraba que era un playboy.

Estaría loca si perdiera el tiempo rezando para que de su atracción por él naciera algo serio.

Lo más inteligente por su parte sería poner fin a aquello cuanto antes.

–¿Ah, no?

–No –dijo Jennifer dándose cuenta de que Alex no la creía del todo–. Mira, allí está Casey –añadió sonriéndole a su amiga–. ¿Te acuerdas de ella?

Casey y Alex habían coincidido en varias ocasiones y su amiga sabía que le gustaba su jefe, así que Jennifer no quería ni imaginarse lo que estaría pasando por su mente calenturienta al verlos juntos en el escenario.

–Ella ha sido la instigadora de todo esto –le explicó–. Porque...

Jennifer se interrumpió y se preguntó cómo podía explicarle a un hombre por qué había pujado para salir con él.

Jamás le admitiría a un hombre que había sido porque ansiaba desesperadamente ser madre y, menos, a Alex.

–A Casey le pareció una idea divertida y nos hemos dejado llevar –le explicó–. Ella también ha pujado, pero otra mujer ha pujado más –añadió contándole la verdad a medias.

Alex frunció el ceño.

–Ah.

¿Y eso qué quería decir? ¿Acaso estaba decepcionada porque le hubiera tocado él?

–Mira, creo que lo mejor sería que acabaremos con esto cuanto antes –le dijo Jennifer antes de que las cosas se les fueran de las manos.

–¿Por qué? –contestó Alex molesto al ver que tenía tanta prisa por deshacerse de él–. Si que hubiera tocado cualquier otro hombre, saldrías con él esta noche, ¿verdad?

–Puede ser, pero...

–Entonces, ¿qué hay de malo en que nos lo pasemos bien un rato?

–Trabajamos juntos, Alex.

«Eso es cierto», pensó Alex.

Su relación profesional era más importante. La había contratado porque había trabajado para algunas de las mejores empresas de software del país y en la entrevista había admirado de ella su integridad y su ambición.

Jamás se había arrepentido de contratarla porque aquella mujer se entregaba por completo al trabajo, tal y como había demostrado cuando Alex le había asignado algunos de sus clientes más difíciles y a todos los había atendido con educación, paciencia y eficacia.

–Sólo es una cita, Jennifer.

Antes de que le diera tiempo de contestar, un grito ensordecedor se alzó desde las mesas.

–¡Qué se besen! ¡Qué se besen! ¡Qué se besen!

¿Por qué estaba todo el mundo pendiente de ellos? Alex miró a su alrededor y se dio cuenta de por qué. Eran la única pareja que no se estaba besando.

Entonces, tomó a Jennifer entre sus brazos, le pasó una mano por la cintura y le agarró el mentón con la otra.

Ella se quedó mirándolo a los ojos.

Alex se había imaginado muchas veces besándola, pero ninguna de sus fantasías se podía comparar con aquel exquisito momento.

–Alex...

–Shh –murmuró él inclinándose sobre ella y besándola.

Cuando sus labios se encontraron, Alex sintió una explosión en lo más hondo de su cuerpo, reflejada por los gritos y los aplausos ensordecedores de las mujeres allí reunidas, pero él no podía pensar en nada, sólo en la suavidad de terciopelo de los labios de Jennifer.

Jamás habría imaginado que besarla fuera tan perfecto. Jennifer se agarró a sus antebrazos ligeramente y abrió la boca.

Alex sintió su gemido de placer y el deseo se apoderó de él con fuerza cuando sus lenguas se encontraron.

Aquella mujer era dulce y tentadora.

Alex se acercó más y, cuando sus cuerpos entraron en contacto, se dio cuenta de que estaba excitado.

Sorprendido ante la respuesta de su cuerpo, dejó de besarla.

Se miraron a los ojos y Alex tomó aire.

¿Qué había ocurrido?

Jennifer lo miraba fijamente con los ojos muy abiertos y los labios húmedos.

La había besado.

Tuvo que hacer un gran esfuerzo para no repetirlo. La atracción que sentía por ella se había multiplicado por mil y no estaba muy seguro de cómo debía actuar.

Maldición.

Por primera vez en su vida, sintió la tentación de mandarlo todo al garete y de ir a por ella como haría si fuera cualquier otra mujer.

«No, sólo le harías daño».

Aunque la deseaba con todo su cuerpo, no podía olvidar que no era hombre de ataduras pues había aprendido por las malas que el matrimonio y el compromiso no eran más que palabras vacías entre dos personas que sólo sentían lujuria la una por la otra.

Sus padres eran la prueba fehaciente de

ello. Tras doce años casados, su relación había terminado con un desagradable divorcio.

Jacqueline Dunnigan había pedido casi todo lo que su padre había ganado después de toda la vida trabajando, incluido la casa familiar, el Mercedes y su participación en la empresa.

Lo único que no había querido había sido su hijo.

A Alex le había acostado años sobreponerse al dolor de aquel abandono y se había prometido a sí mismo que jamás permitiría que una mujer volviera a tener ese poder sobre él.

Besar a Jennifer había sido una experiencia aterradora pues ahora se moría por hacerle el amor.

Alex se dijo que, como le solía ocurrir siempre, en cuanto empezara a salir con ella la atracción se moriría.

Le encantaba salir con mujeres y había salido con muchas, pero ninguna había conseguido interesarle durante mucho tiempo.

¿Sería diferente con ella?

No quería hacerle daño y, además, no quería arriesgarse a que su relación laboral se fuera al garete.

La presentadora dio la gala por concluida y un telón negro cayó sobre el escenario, aislando a las parejas del público.

«El momento perfecto», pensó Jennifer.

¿Y qué se suponía que le tenía que decir

ahora a Alex después de haberla besado? Podía decirle que sólo le había devuelto el beso como parte del espectáculo.

¡Sí, claro, como que no se iba a haber dado cuenta de lo mucho que la había afectado! Siempre había estado segura de que besarlo sería espectacular, pero... aquel beso había sido mucho más increíble de lo que jamás había pensado.

–Bueno, pues ya está –le dijo intentando sonar normal.

–Supongo que les hemos dado lo que querían –contestó Alex dándose cuenta de que Jennifer se había apartado de él.

–Sí –dijo Jennifer sintiendo que se le rompía el corazón.

Así que tenía razón, él sólo lo había hecho para darle gusto al público. Eso quería decir que había sido ella la única afectada por el beso, así que lo mejor era seguir con su plan de poner pies en polvorosa.

–La verdad es que esto no podía haber salido mejor.

–¿Por qué lo dices? –dijo Alex mirándola atentamente.

–La verdad es que no quería venir, pero lo he hecho por ayudar a tu tía y me he dejado llevar por Casey. En cualquier caso, creo que lo mejor sería que no saliéramos juntos.

–¿Por qué?

Alex frunció el ceño. Lo último que se esperaba era que Jennifer le dijera que no. Claro que, bien pensado, era de esperar porque la debía de haber asustado al besarla.

Él, desde luego, estaba asustado por cómo había reaccionado al hacerlo.

–Dadas las circunstancias, no espero que cumplas tu parte del trato –le explicó Jennifer.

–Has ganado, ¿no? –insistió Alex molesto por que Jennifer fuera capaz de rechazarlo con tanta facilidad.

–Sí, pero no me parece buena idea salir contigo.

A Alex no le gustó cómo lo había dicho, como si la idea de salir con él le resultara repugnante.

A no ser que fuera muy buena actriz, hubiera jurado que había reaccionado ante el beso y no de manera precisamente inmune.

–Has pagado una cantidad considerable de dinero –le recordó–. Y yo tengo una obligación hacia mi tía, así que no me puedo echar atrás. Eso la destrozaría.

–Seguro que lo entiende cuando se entere de que nos ha tocado juntos –insistió Jennifer cruzándose de brazos para que Alex no se diera cuenta de que le temblaban las manos.

–¿Por qué dices eso?

–¡Porque trabajamos juntos!

–¿Y? No es para tanto. Sólo tenemos que salir a cenar o algo así, algo sencillo –insistió Alex controlándose para no volver a besarla.

«Sencillo para ti», pensó Jennifer.

Desde luego, no para ella.

Por supuesto que aquella cita no significaría nada para Alex ya que no sentía nada por ella, pero Jennifer se sentía muy atraída por él y cada vez le costaba más controlar aquella atracción.

Después de haberlo besado una vez, lo único en lo que podía pensar era en cuánto le apetecía volverlo a hacer.

¿Sencillo?

Claro que no.

Jennifer se preguntó si salir con él podría llevarla a algo más. ¿Podría acostarse con él e intentar quedarse embarazada?

Lo miró y sintió que el corazón le daba un vuelco pues todavía tenía su sabor en los labios.

La tentación de seducirlo era muy fuerte, pero, si aceptase salir con él, ¿no estaría cometiendo un gran error?

Capítulo Dos

–Jennifer.
Al oír la voz de Alex, Jennifer se dio cuenta de que lo estaba mirando fijamente.
–Perdona. ¿Qué me estabas diciendo?
–No te estoy proponiendo un compromiso de por vida –contestó Alex.
Antes de que le diera tiempo de decir nada más, apareció Mary Davis con una gran sonrisa en la cara que la hacía parecer mucho más joven.
–¡Qué bien! –exclamó encantada–. ¿Cuántas posibilidades había de que os tocara juntos?
–Tía Mary –dijo Alex–, ¿no habrás tenido nada que ver tú en todo esto?
Su tía lo miró ofendida.
–No digas tonterías, Alex, cariño. ¿Cómo iba yo a amañar la subasta?
–Señora Davis, esto no puede ser –intervino Jennifer–. Alex y yo trabajamos juntos.
–¿Y? –contestó la mujer sorprendida.
–Jennifer cree que no sería apropiado que saliéramos juntos –contestó Alex visiblemente molesto.

—¿Ni como amigos? —preguntó Mary mirándolos a ambos.

Jennifer frunció el ceño puesto que, dicho así, parecía bastante razonable.

—Tenemos un horario de trabajo muy cargado y no creo que encontráramos el momento.

—Seguro que sí, sólo un ratito —dijo la señora Davis girándose hacia su sobrino—. Seguro que podéis escaparos, ¿verdad?

—Por supuesto —contestó Alex.

—No es sólo eso...

—Perfecto —la interrumpió Mary—. Además, la emisora de radio que ha ayudado a organizar la subasta ha donado mil dólares por cada pareja, siempre y cuando sigan adelante y salgan juntos. Creo que quieren ganar publicidad entrevistando a las parejas, pero, en cualquier caso, su donación vendrá muy bien para el hospital infantil.

Fantástico, así que, si no salía con Alex, la culpa de que el hospital infantil no saliera adelante recaería sobre ella.

Jennifer ya se sentía culpable.

—Ya pasáis mucho tiempo juntos en el trabajo y os lleváis bien, ¿no? —insistió Mary—. Esto sería lo mismo pero en otro ambiente.

Alex miró a Jennifer y se dio cuenta de que no estaba convencida del todo. Aunque le apetecía mucho salir con ella, no quería obligarla.

—Puedes echarte atrás si quieres, Jennifer,

pero con una condición. Si lo haces, seré yo quien pague tu puja.

–¿Echarme atrás yo? –contestó Jennifer dolida–. Por supuesto que no.

–Entonces, todo está decidido –sonrió Mary.

–¿Y en qué consiste la cita? –le preguntó Alex a su tía.

–Cada cita es diferente. Os van a dar un paquete con las instrucciones. Están añadiendo los últimos detalles, pero no te preocupes. Supongo que te llegará el lunes por mensajería al trabajo. Muchas gracias por habernos ayudado.

Y dicho aquello, la mujer se alejó.

–Supongo que tenemos una cita –suspiró Jennifer una vez a solas con Alex.

–No hace falta que te muestres tan contenta –contestó él con sarcasmo.

–Perdón –se disculpó Jennifer–. Lo cierto es que me lo paso bien contigo.

–Menos mal. Ya empezaba a creer que tenía la peste o algo así.

–No ha sido ésa mi intención –rió Jennifer.

–Ya me estaba empezando a preocupar.

–Sí, supongo que tu ego no hubiera podido soportarlo –bromeó Jennifer.

Alex miró a su alrededor y se dio cuenta de que eran la única pareja que quedaba en el escenario.

–¿Quieres que te lleve a casa?

–No hace falta –contestó Jennifer–. He venido con Casey.

Sin embargo, tras volver al salón, comprobó que su amiga se había ido dejando su chaqueta y su bolso sobre la mesa.

No se podía creer que su amiga la hubiera dejado colgada, pero así era.

—No veo a Casey por ninguna parte —comentó Alex.

—Yo, tampoco.

—Pues, entonces, te llevo yo —insistió Alex poniéndole la chaqueta sobre los hombros.

—No, voy a llamar a un taxi.

—No digas tonterías.

Jennifer tragó saliva y lo siguió a su coche, estremeciéndose al sentir el frío de la noche de enero en su piel.

Una vez sentada en su maravilloso vehículo, le dijo dónde vivía y cómo llegar a su piso de Virginia Beach.

Muchas veces había soñado Jennifer con que Alex la llevara a casa, pero ahora no sabía qué decir.

—Me pregunto qué nos tendrán preparado para la cita —comentó para romper el hielo.

—Supongo que una cena y un par de entradas para el teatro o algo así —contestó Alex.

Lo cierto era que aquella cita le daba igual porque él lo que quería era pasar tiempo con ella; se había dado cuenta de que, manteniendo todos aquellos años su relación a nivel profesional, sabía muy poco de su vicepresidenta.

—¿Sales con alguien? —le preguntó.

–¿Cómo?

–Me estaba preguntando si no querías salir conmigo porque estás viendo a otro hombre.

–No –contestó Jennifer. Cuanto menos supiera Alex de su vida amorosa, mejor. Todas las relaciones que había tenido no habían sobrevivido a las demandas de su trabajo.

Jennifer sabía que, en cuanto se quedara embarazada, iba a tener que dejar la empresa porque trabajar tantas horas y viajar constantemente no era compatible con criar a un niño. Además Alex no quería casarse ni tener hijos, lo había oído hablar del divorcio de sus padres.

Ella, por el contrario, tenía una familia feliz, sus padres seguían juntos y se querían mucho.

Así que, si conseguía seducirlo y tenía la suerte de quedarse embarazada, jamás esperaría que se casara con ella ni se ocupara de la criatura, porque jamás se lo diría.

–Ya –dijo Alex tomando la autopista.

Sabía que Jennifer estaba saliendo hacía unos meses con un hombre y se preguntó qué habría sido de él, pero, como ella no le daba más explicaciones, decidió que no debía pedirlas.

–¿Y qué ha sido de Lisa Garretson? –preguntó Jennifer pensando en la mujer con la que salía en aquellos momentos Alex–. No creo que le haga mucha gracia saber que quedas conmigo para salir una noche.

–No creo que le importe.

–Ya, claro.

–Ya no salgo con ella.
–¿De verdad?
Debían de haberlo dejado hacía poco porque se había encontrado con ella en un restaurante la semana pasada y no le había comentado nada.
–Pareces sorprendida –comentó Alex llegando a su casa junto al mar y apagando el motor.
–Simplemente, no sabía que lo habíais dejado.
–No había mucho que dejar –dijo Alex sinceramente–. Hemos salido juntos un par de meses, pero la he dejado porque se ha puesto muy posesiva.
Lo cierto había sido que, un día en el que habían salido de compras, habían pasado por una joyería y Lisa se había ido directa a los anillos de compromiso.
Aterrorizado, Alex la había dejado al día siguiente. Ella se había puesto furiosa, pero a él le había dado igual porque le había advertido desde del principio lo que opinaba sobre el matrimonio.
–Ah –contestó Jennifer sin saber muy bien qué decir.
Desde luego, «¡yuju!», que era lo que le apetecía gritar, no parecía muy apropiado.
–Te espero hasta que entres...
–Gracias –contestó Jennifer.

—¿Te he dicho lo guapa estás esta noche? —dijo Alex abriéndole la puerta.

Jennifer se sonrojó ante el cumplido y, al darse cuenta de que era sincero, sintió que el corazón le daba un vuelco.

—Gracias —contestó—. Tú tampoco estás mal —sonrió.

A Alex le entraron unas ganas increíbles de volver a besarla, pero ella había dejado muy clara que su relación debía seguir siendo puramente profesional, así que no tenía excusa para hacerlo.

—Gracias por traerme a casa —murmuró Jennifer mirándolo a los ojos.

—De nada —contestó Alex acariciándole la mano y besándosela.

Antes de cometer una locura, la soltó, le dio las buenas noches y volvió a meterse en el coche.

Jennifer entró en casa, se giró y se quedó mirando cómo se alejaba el coche de Alex. A continuación, cerró la puerta, se apoyó en ella y saboreó la sensación de sus labios en la piel.

Una vez en su habitación, se dio cuenta de que estaba metida en un buen lío porque, ahora que había besado a Alex Dunnigan, lo deseaba más que nunca, pero sabía que jamás podría ser suyo.

Alex entró en su despacho después de una larga reunión y vio un sobre grande y marrón sobre la mesa.

No tuvo necesidad de mirar el remite para saber que eran las instrucciones que debía seguir para la cita con Jennifer.

Supuso que ella también querría saber lo que les habían preparado, así que la llamó por teléfono.

—¿Podrías venir un momento? —le pidió.

Jennifer apareció a los pocos segundos y lo miró con curiosidad al ver el sobre.

—¿Qué dice? —preguntó sentándose enfrente de él.

—No lo sé —contestó Alex encogiéndose de hombros—. Haz tú los honores —añadió entregándole el sobre.

Jennifer se mordió el labio inferior mientras lo abría. Entre la curiosidad por saber qué tipo de cita les habían preparado y los recuerdos del beso de Alex, apenas había dormido.

—¡Esto no puede ser! —exclamó al leer las instrucciones—. ¡Es un fin de semana entero! —añadió mirando a Alex.

—¿Dónde? —preguntó Alex sorprendido—. Mi tía no me dijo que esto fuera a ser más de una noche.

Claro que pasar más de una noche con Jennifer no era mala idea. Por otra parte, estaba casi seguro de poder controlarse durante una cena, pero ¿dos?

—¡Dios mío! —añadió Jennifer.

—¿Qué? ¿Tenemos que escalar el Everest o algo así?

—Algo igual de ridículo –contestó Jennifer mirando el precioso apartamento con una gran cama en el centro que tenía ante sí–. Mira –añadió entregándole el folleto–. Es un fin de semana de esquí en Vermont.

—¿De verdad? ¿Cuándo? –preguntó Alex sinceramente emocionado.

A Alex le encantaba esquiar, pero, al vivir en Virginia Beach, rara vez tenía ocasión de hacerlo.

La idea de pasar un fin de semana en la nieve con Jennifer se le antojó maravillosa. Se imaginó cenando con ella ante el fuego de la chimenea y viendo en sus ojos un deseo al que ningún hombre podría resistirse.

—Este fin de semana –contestó Jennifer.

—¿Esquías?

—¿Qué?

—¿Esquías?

—Espera momento –dijo Jennifer alzando las manos–. Que no se te pase por la cabeza...

—Sólo es una pregunta –la interrumpió Alex–. Contesta.

—No, siempre he querido hacerlo, pero nunca lo he intentado –admitió Jennifer.

Al ver que Alex la miraba con interés, se dio cuenta de que no tendría que haberlo admitido.

—Entonces, estás de suerte porque yo soy un esquiador experto y te puedo enseñar.

—No.

–¿Por qué?
–Para empezar, porque tenemos que trabajar.
–Sólo nos perderíamos el viernes –comentó Alex consultando el itinerario del viaje–. No creo que la empresa se vaya a arruinar porque faltemos un día.
–Alex...
–Te recuerdo que soy el jefe y te aseguro que no pasa nada porque nos ausentemos un día.
–No es eso.
–Entonces, ¿qué es?
–No creo que sea lo correcto... no me gustaría que nuestra relación profesional terminara mal y, además, ¿qué va a decir la gente?

Alex se encogió de hombros.
–No tendrían por qué enterarse, y pasar un fin de semana juntos en la nieve no tendría por qué afectar a nuestra relación profesional ya que no es la primera vez que viajamos juntos. Otras veces hemos tenido que salir por motivos de negocios y hemos pasado noches fuera de la ciudad.
–Pasar un fin de semana íntimo no es lo mismo –insistió Jennifer pensando en el toque romántico del folleto.
–No tendría por qué ser íntimo –mintió Alex–. Aquí dice que tenemos habitaciones separadas, así que no creo que haya problema –añadió sin creerse sus propias palabras.

Jennifer se dijo que estaba intentando hacer lo que debía porque no quería aprovecharse de Alex.

Si accedía a irse de fin de semana con él, la tentación de ir más allá iba a ser insoportable. Aquello la llevó a preguntarse si Alex querría que entre ellos hubiera algo más que una relación platónica.

Era cierto que la había besado y era obvio que le había gustado, pero un beso no quería decir nada.

Tal vez, estaba haciendo una montaña de un grano de arena.

Si Alex no se sentía atraído por ella, no tenía nada que temer, ¿verdad? Entonces, ¿qué le daba miedo?

Lo cierto era que sabía que, si consiguiera acostarse con él y se quedara embarazada, tendría que decirle adiós... para siempre.

Capítulo Tres

El jueves, a pesar de que se había esforzado en salir del trabajo a su hora, Jennifer iba mal de tiempo.

No había hecho la maleta porque, hasta ese mismo día, había creído que iba a encontrar la manera de librarse de todo aquello.

Alex, sin embargo, estaba tan emocionado con el viaje que el martes la había llevado de compras y le había comprado un equipo completo de esquí.

Comprendiendo que estaba atrapada, Jennifer intentó convencerse de que lo mejor era olvidar la idea de seducirlo.

Hasta que había comido el día anterior con Casey, lo había conseguido, pero su amiga le había dicho que lo mejor era dejarse llevar y aprovechar el momento.

«Piensa en lo bien que te lo podrías pasar y en que, si hay suerte durante el fin de semana, tu problema con la maternidad quedaría resuelto».

Sin embargo Jennifer se había dicho que no era como su amiga, que ella jamás podría acostarse con Alex y olvidarlo y, para convencerse a sí misma, había contactado con una clínica de inseminación artificial y había pedido cita.

Aunque era una manera muy impersonal de quedarse embarazada, solucionaría su problema sin poner en peligro ni su trabajo ni su corazón.

Su madre la había llamado aquella misma mañana para contarle que su hermana estaba embarazada de su tercer hijo.

Jennifer se alegraba mucho por Lil, pero no pudo evitar sentir cierta envidia, pues su hermana ya tenía un hijo de cinco años y una niña de dos.

Se moría por ser madre, pero, al no haber ningún hombre su vida, las cosas se estaban poniendo difíciles.

¿Cuándo había salido con un hombre por última vez? ¿Y cuando había sido la última vez que se había acostado con alguno?

¡Ni siquiera se acordaba!

Estaba tan volcada en el trabajo que la verdad era que no tenía tiempo para conocer hombres.

Por eso, la inseminación artificial le había parecido la respuesta perfecta.

Hasta que había besado a Alex.

A partir de entonces, como una idiota, había querido estar con él para siempre.

«¡Ya basta! ¡Sólo fue un beso! No tengo que hacer una montaña de un grano de arena».

De repente, se le ocurrió que podría llevarse el ordenador portátil porque Alex sabía que tenía unas clientas, las hermanas Baker, muy importantes. Así, se iría a esquiar y ella se quedaría en la habitación.

Sí, cuanto más tiempo estuvieran separados, mejor.

Mientras esperaba al ascensor, oyó una puerta que se cerraba y se giró porque creía que la oficina estaba vacía.

Cuando vio que Alex avanzaba hacia ella, se obligó a sonreír.

–Hola, creía que ya no quedaba nadie.

Alex se puso el abrigo y miró a Jennifer a los ojos.

–Tenía que hacer unas llamadas y me he retrasado –le explicó–. ¿Lo tienes todo preparado para mañana?

Lo cierto era que no estaba muy convencido de que Jennifer no se fuera a echar atrás porque ya lo había intentado un par de veces durante la semana y había tenido que convencerla de lo contrario.

A Alex le apetecía un montón esquiar, pero la principal motivación de aquel fin de semana era estar con ella y descubrir cómo era.

Después de haberla besado, no podía dejar de pensar en hacerle el amor. Si fuera tan intenso como besarla...

–La verdad es que no he hecho la maleta.

–Supongo que no pensarás que vas a trabajar durante el fin de semana –le advirtió Alex fijándose en el ordenador–. Ya te he dicho unas cuantas veces que vamos a pasárnoslo bien, nada de trabajo.

–Pero...

–Nada de peros.

Alex se encontró mirándole la boca y preguntándose qué ocurriría si se volvieran a besarse y Jennifer quisiera más.

El «ding» del ascensor lo sacó de sus pensamientos.

Llevaba toda la semana intentando convencerse de que sería capaz de no tocarla en todo el fin de semana.

Estaba metido en un buen lío.

Cuando a las cinco de la mañana sonó el timbre, Jennifer abrió la puerta con el pulso acelerado ante la idea de volver a ver a Alex.

–¿Quieres una taza de café? –le ofreció.

–No –contestó Alex.

Era la primera vez que estaba en su casa, pero, desde luego, se notaba el toque de Jennifer por todas partes pues todo estaba en su lugar.

Alex se fijó en una pared entera cubierta de fotografías y supuso que eran de su familia.

–¿Son tus padres?

–Sí –sonrió Jennifer–. Ésa es de hace mucho tiempo, pero ésta es más reciente –le explicó señalando otra.

-¿Te llevas bien con ellos?
-Somos una piña -contestó Jennifer tomándose el café.
-¿Y donde viven?
-En Norfolk.
-¿Los ves mucho?
-Hablo con ellos varias veces a la semana y voy a verlos unas cuantas veces al mes.

A Alex le pareció interesante que a Jennifer le gustara ver a sus padres.

-¿Y tienes hermanos?
-Dos hermanos y una hermana -contestó Jennifer.

Sabía que Alex era hijo único y que no había tenido la suerte de compartir sus juegos infantiles con unos hermanos.

-Yo de pequeña, era un chicazo.

Alex intentó imaginarse a la elegante mujer que tenía ante sí jugando con sus hermanos y se fijó en otra fotografía de la familia al completo que parecía muy reciente.

-Ésa nos la hicimos en el aniversario de mis padres -le explicó Jennifer-. Éste es Tony -añadió señalando a su hermano mayor-. Es médico. Y éste es Greg, el pequeño, que trabaja en televisión y vive en Atlanta.

-¿Y ésta es tu hermana? -le preguntó Alex señalando a una mujer que se parecía mucho a Jennifer.

-Sí, ésa es Lil. Está casada y vive también en Norfolk.

gido la vida que quiero llevar –contestó Jennifer sonriendo.

Había elegido aquella vida porque era difícil encontrar a un hombre soltero que mereciera la pena, la verdad.

–¿Tú quieres tener hijos como tu hermana?

Jennifer sabía que era inútil intentar mentirle.

–Lo he pensado porque pronto cumpliré treinta años y no me gustaría que se me pasara el arroz.

Aquella contestación sorprendió a Alex. Jennifer le había dicho que en aquellos momentos no había nadie especial en su vida, pero algún día lo encontraría, se casaría, tendría hijos y dejaría el trabajo.

Y, entonces, ¿qué haría sin ella?

–¿Y tú? –le preguntó Jennifer.

No podía dejar pasar la oportunidad de saber cuál era la opinión que tenía Alex sobre el matrimonio aunque suponía, por sus comentarios sobre sus padres y sus relaciones pasadas, que no iba ser muy buena.

–Supongo que a algunos les funciona.

–Pero a ti no, ¿eh?

–En esta vida, no –rió Alex con amargura.

Su respuesta entristeció a Jennifer, pero ¿qué esperaba que dijera después de cómo había crecido?

–Será mejor que nos vayamos si no queremos perder el avión –le dijo poniéndose el abrigo e intentando disimular la decepción que le había causado saber que Alex no se quería casar.

Dos horas después, estaban sentados uno junto al otro en el avión.

–Perdón –se disculpó Jennifer al darle un golpe en el brazo–. Estos asientos son muy pequeños –añadió.

–Sí –sonrió Alexander dándose cuenta de que se había sonrojado al tocarlo–. Estás muy callada.

–Estaba pensando en el trabajo –mintió Jennifer pues había estado pensando en él y en si se acostarían o no.

–Pensar en el trabajo durante este fin de semana está prohibido. Quiero que pienses única y exclusivamente en pasártelo bien. Quiero que te merezca la pena el dinero que has pagado.

–¿Qué dinero?

–El de la cita –le recordó Alex.

–Alex, de verdad, todo esto no es necesario. Probablemente, no salga de mi habitación.

–¿No vas a esquiar conmigo?

–Ya te dije que no sé esquiar.

–Ya, pero yo te voy a enseñar. Has pagado para salir conmigo, no para hibernar en una habitación. Además, esquiar solo es muy aburrido.

–Más aburrido te va resultar intentar enseñarme, te lo aseguro.

—Deja que sea yo quien lo decida –insistió Alex–. Además, te recuerdo que tienes el equipo completo.

—Sí, pero no me lo he comprado para esquiar, sino para estar guapa en la nieve.

Alex estuvo a punto de decirle que ella no necesitaba ponerse un mono de esquí para estar guapa en la nieve porque era preciosa con cualquier cosa, sobre todo sin nada.

—Por favor.

—Está bien –accedió Jennifer–. Pero, como me rompa una pierna, será culpa tuya.

Aquello hizo reír Alex.

—Si te rompes una pierna, te prometo que seré tu esclavo.

Imaginarse a Alex de esclavo llenó a Jennifer de gozo.

—No lo olvidaré –le prometió mientras el comandante anunciaba que estaban a punto de aterrizar.

La estación de esquí de Vermont dejó a Jennifer con la boca abierta.

—Esto es precioso –dijo sinceramente abrochándose la cazadora y subiendo al monovolumen que había ido a recogerlos al aeropuerto.

—Pues es mucho más bonito cuando te deslizas por las laderas nevadas a lomos de unos esquís y sientes un subidón de adrenalina y el corazón latiéndole a toda velocidad –contestó

Alex entusiasmado–. No hay nada mejor en el mundo.

«Excepto el sexo», pensó para sí.

Lo cierto era que no había conseguido dejar de pensar en acostarse con Jennifer.

–Me fío de ti –le dijo Jennifer mientras andaban hacia el hotel.

El edificio resultó ser una gran cabaña de madera que exudaba romance por los cuatro costados, desde la enorme chimenea del vestíbulo hasta los preciosos muebles de madera de la recepción.

–¿Vamos? –le dijo Alex tras haber hablado con el recepcionista.

–Sí –contestó Jennifer siguiéndolo escaleras arriba hasta la segunda planta–. ¿Has tenido algún problema con la reserva?

–Ninguno, todo estaba perfecto –contestó Alex parándose delante de una puerta y entregándole una llave de plástico.

Jennifer abrió la puerta y se preguntó dónde estaría la habitación de Alex, pero, una vez dentro, se olvidó pues la suya era preciosa.

–Muy bonita –comentó Alex a sus espaldas.

–Es increíble –dijo Jennifer fijándose en la enorme cama–. ¿Dónde está tu habitación?

–Al otro lado del pasillo y unas puertas más hacia allá –contestó Alex dándole el número–. ¿Cuánto tardas en cambiarte de ropa?

–Alex...

–No te vas a librar. Te prometo que serás capaz de tirarte por una pista esta tarde.
–Está bien, lo intentaré –le prometió pensando que estaría a salvo rodeada de gente–. Pero si no se me da bien o si no me gusta...
–Ya encontraremos otras maneras de pasárnoslo bien –contestó Alex pensando en que sería maravilloso que no le gustara esquiar para poder acostarse con ella.
–¿Otras maneras? –dijo Jennifer preguntándose si él estaría pensando en lo mismo que ella.
–Sí, podemos salir a comer, pasear o tomarnos una copa –sugirió Alex.
–Ah –contestó Jennifer decepcionada–. Estaré lista en un cuarto de hora –le dijo cerrando la puerta y deseando que lo inalcanzable, que Alex quisiera estar con ella, se hiciera realidad.

Capítulo Cuatro

Jennifer decidió deshacer las maletas más tarde y se puso los pantalones blancos de esquiar con rayas moradas a los lados, la cazadora a juego y la bufanda. En lugar de ponerse un gorro, se puso una banda de tela sobre las orejas y se soltó el pelo.

Cuando salió de su habitación parecía todo menos una novata.

Se encontró con Alex a la salida de su habitación y decidieron saltarse la comida e ir directamente a alquilar unos esquís para ella y, media hora después, completamente ataviada con gafas de sol incluidas, Jennifer estaba lista para su primera lección.

–Vamos allí para poder hablar tranquilos –sugirió Alex.

Jennifer asintió y, aspirando el fresco aroma de la montaña, lo siguió hasta una pequeña loma.

–Vamos a practicar un poco aquí y luego iremos a una pista verde –le dijo Alex.

A continuación, le dio instrucciones de cómo

ponerse las tablas y de cómo guardar el equilibrio.

Jennifer entendió sus explicaciones rápidamente, así que en breve estuvo lista para calzarse las tablas.

—¿Qué haces? —le preguntó a Alexander al ver que se ponía detrás de ella y la agarraba de la cintura.

—No quiero que te caigas.

Parecía razonable, pero Jennifer no podía dejar de pensar en que la estaba agarrando y le costó un poco meter las botas en las ataduras.

—Lo has hecho muy bien —la felicitó Alex.

—Pero si todavía no he hecho nada —contestó Jennifer intentando hacer un esfuerzo sobrehumano para no tirar a su jefe al suelo y abalanzarse sobre él allí mismo.

—Te voy a soltar —le advirtió Alex.

—Todavía no.

—No te va a pasar nada —le aseguró Alex pasándole los bastones—. Utilízalos para no perder el equilibrio y, cuando te sientas segura, empújate un poco.

—No sé —dijo Jennifer con miedo.

Al ver que perdía el equilibrio, gritó y movió los brazos, pero lo único que consiguió fue que una de las tablas se deslizara sola y, en un abrir y cerrar de ojos, se encontró abierta de piernas yendo directamente hacia el suelo.

Para no caerse, se agarró a Alex, que cayó al suelo con ella.

–Perdón –se disculpó Jennifer al darse cuenta de que la gente los estaba mirando.

–No me quejo –sonrió Alex.

Lo cierto era que la tenía completamente encima. Si hubiera estado desnuda, la vida habría sido perfecta.

–Bueno, en fin... –dijo Jennifer intentando ponerse en pie.

Tras un par de intentos, lo consiguió aunque aquel hombre la estaba volviendo loca.

–Muy bien, vamos a intentarlo otra vez –dijo Alex dándose cuenta de que se había excitado y dando gracias de que el mono de esquí que llevaba fuera tan grueso.

–Estoy lista –anunció Jennifer–. No sé por qué me está costando tanto. Normalmente, las actividades físicas se me dan mejor.

–¿Ah, sí? ¿Qué tipo de actividades físicas?

–Bueno, cuando era pequeña, me subía a los árboles con mi hermano –sonrió Jennifer intentando meter las botas en las ataduras.

–¿Estás de broma?

–No, era una salvaje. La verdad es que era la que más rápido subía a los árboles de todos mis hermanos. ¿Y tú?

–¿Y yo qué? –dijo Alex colocándose detrás de ella y poniéndole las manos en las caderas.

–Yo te he contado algo de mí, así que ahora te toca a ti.

A Alex no le gustaba hablar sobre su infancia porque no era una etapa de su vida que recordara con mucha alegría.

–¿Cómo qué?

–No sé –contestó Jennifer–. ¿Cómo eras en el colegio? Seguro que tenías a todas las niñas locas.

–Era el pringado de la clase –confesó Alex fijándose en que Jennifer llevaba unos pendientes de oro en forma de corazón y dándose cuenta de que le habían entrado unas tremendas ganas de lamerle la oreja.

–¡No me lo creo!

–Te lo digo en serio. Me encantaba estudiar y se me daban muy bien los ordenadores, así que se burlaran de mí.

–Pues si te vieran ahora no se burlarían de ti en absoluto. Más bien, caerían rendidas a tus pies –exclamó Jennifer furiosa porque le hubieran hecho pasar un mal rato de pequeño–. Lo siento.

–Sobreviví.

–Aun así...

–Bueno, ¿preparada? –dijo Alex soltándola.

Jennifer se empujó con los bastones unos metros y lo miró encantada.

–¡Lo he conseguido!

Nada más decirlo, perdió el equilibrio y se fue otra vez al suelo, pero Alex intentó parar el golpe y volvió a caer con ella.

–Oh, Alex, lo siento.

–Si nos vamos a pasar el día así, se me ocurre que podríamos estar haciendo algo mucho más interesante.

–Compórtate –contestó Jennifer encontrándolo encantador.

–Hasta ahora, lo he hecho –contestó Alex poniéndose en pie, apartándole la nieve del pelo y ofreciéndole la mano.

A Jennifer le estaba resultando cada vez más difícil resistirse a sus encantos y, si seguía flirteando con ella, le iba a resultar completamente imposible.

–¿Vamos a esquiar o no?
–Depende de ti –contestó Alex.
–Es más difícil de lo que yo creía.
–Lo conseguirás, ya lo verás
–Está bien, lo voy a volver a intentar.

Al cabo de media ahora, se atrevió a deslizarse por una pista verde y, para su deleite, consiguió bajarla entera sin caerse ni una sola vez.

–¡Ha sido genial!
–Lo has hecho muy bien –la felicitó Alex abrazándola.

Jennifer tuvo que apartarse para tomar aire varias veces porque aquel hombre olía tan bien…

Demasiado bien.

–Eres un profesor muy paciente –le dijo mientras se montaban otra vez en el telesilla.

–Lo dices como si te sorprendiera –contestó Alex revolviéndole el pelo, que normalmente jamás llevaba suelto.

–No es eso sino que me sorprende verte tan relajado porque, normalmente, en el trabajo eres demasiado serio.

–No sé si darte las gracias –sonrió Alex–. Bueno, lo que pasa es que se cómo y cuándo divertirme.

–¿Ah, sí?

–Sí, mira –contestó Alex acercándose a ella y besándola.

Aunque tenía los labios fríos, era tan dulce como recordaba.

En ese momento, llegaron al final del telesilla y tuvieron que bajar. Jennifer se encontraba mareada por el beso y no pude evitar caer al suelo.

El operario tuvo que parar el telesilla cuando Alex, ella y las dos adolescentes que iban detrás formaron una pila de cuerpos inertes.

–Lo siento mucho –se disculpó poniéndose en pie ella sola.

En cuanto tuvo puestos los esquís, intentó olvidarse de que Alex la había besado.

–No paro de hacer el pato mareado –se quejó.

–A mí me parece que estás muy mona cuando te sonrojas.

–Deja de tomarme el pelo –le advirtió Jennifer con una sonrisa–. ¿Por qué no te vas a esquiar tú solo un rato y me dejas practicar a mi aire?

Lo cierto era que necesitaba estar un rato a solas para recuperarse emocionalmente.

–¿Y si te caes?

–Me levantaré yo sola, como acabo de hacer ahora. No me va a pasar nada –le aseguró Jennifer poniéndose las gafas de sol para disimular su turbación.

Alex no quería separarse de ella, pero se dijo que media hora cada uno por su lado lo ayudaría a dejar de pensar en acostarse con ella.

–Muy bien –accedió por fin.

Tras observar cómo se alejaba con movimientos expertos, Jennifer hizo aquella pista un par de veces sin demasiados problemas.

Al cabo de un rato, vio un banco de madera vacío y decidió descansar pues el beso de Alex la había descontrolado.

Lo cierto era que quería que la volviera a besar.

Con pasión.

Sabía desde el principio que aquel fin de semana era un error porque ya estaba medio enamorada de él y era muy peligroso estar a solas con Alex.

Volvió a recordar la sugerencia de Casey. Hacer el amor con Alex era de lo más tentador.

Sin embargo, no podía engañarlo. Si se quedaba embarazada, tendría que decírselo, así que debía resistir durante aquel fin de semana la atracción que sentía por él porque, una vez de vuelta en la oficina, todo sería mucho más fácil.

Jennifer se levantó del banco dispuesta a esquiar un rato más, pero se dio cuenta de que estaba en pendiente, así que iba a tener que quitarse los esquís, bajar andando y volvérselos a poner.

–¿Te ayudo?

Al alzar la mirada, Jennifer se encontró con unos grandes ojos verdes que pertenecían a un chico que tenía más o menos su edad; tenía el pelo rubio y estaba realmente fuerte.

–No, gracias –contestó sonriendo,

–¿Es la primera vez que esquías?

–¿Lo llevo escrito en la frente?

–No, es deformación profesional. Soy monitor de esquí de la estación –sonrió el rubio–. Me llamo Craig.

–Ah.

–¿Quieres que te dé unos cuantos consejos?

Jennifer lo miró dudosa.

–No te los voy a cobrar.

–No es por eso –sonrió–. Es que estoy segura de que tendrás cosas mejores que hacer.

–No tengo clase hasta dentro de un cuarto de hora, así que venga –le dijo tomándola de la mano–. Te ayudo a bajar esta colina.

Jennifer aceptó su mano pues se dijo que, si lograba avanzar en su entrenamiento con los consejos que le diera Craig, Alex iba a quedar gratamente sorprendido.

Alex derrapó sobre la nieve y buscó a Jennifer en la pista verde.

No había sido su intención esquiar solo tanto rato, pero necesitaba tiempo porque besar a Jennifer le había abierto un apetito insaciable.

Cada vez se le hacía más difícil no tocarla y se dijo que, tal vez, la idea del fin de semana no había sido muy buena.

No era que estuviera buscando a nadie especial; le gustaba la vida que llevaba, sencilla y sin complicaciones.

Jamás engañaba a las mujeres con las que salía, todas sabían que no quería nada serio pues el divorcio de sus padres le había enseñado que una mujer y un hombre se podían hacer mucho daño.

Además, que su madre lo hubiera abandonado le había dolido sobremanera aunque jamás lo admitiera.

Aquello le había enseñado una lección que jamás olvidaría.

Las mujeres siempre se iban.

Tal vez, no todas las mujeres fueran iguales, pero no estaba dispuesto a probar suerte arriesgando el corazón.

Jennifer lo atraía mucho más que cualquiera

de las mujeres con las que había salido, pero debía controlarse.

Una cosa era pasar un fin de semana juntos y darse un par de besos y otra dejarse llevar.

Satisfecho por tener de nuevo la situación controlada, escaneó la pista de nuevo en su búsqueda.

Cuando, por fin, la vio estuvo a punto de caerse de espaldas.

No estaba sola.

Había un hombre detrás de ella, agarrándola de la cintura, demasiado cerca de ella. Alex sintió que la sangre se le helaba en las venas.

Maldiciendo, esquió hacia ellos.

–Hola –lo saludó Jennifer.

–¿Quién es éste?

–Te presento a Craig –contestó Jennifer.

–Esta señorita está conmigo –le dijo Alex al desconocido.

–Perdón, sólo le estaba enseñando un poco de esquí.

–Ya me hago yo cargo.

–Muy bien –contestó Craig–. Hasta luego –se despidió de Jennifer.

–Gracias por ayudarme –le dijo ella mientras Craig se alejaba a toda velocidad.

–Si querías aprender a esquiar, ¿por qué me has dicho que me fuera?

–¿Se puede saber por qué te pones así?

–Porque no me gusta que un monitor ligón te sobe.

–Craig no me estabas sobando y no es ningún ligón, se paga la universidad dando clases de esquí porque su familia no tiene dinero.

–Veo que sabes mucho sobre su vida. ¿Cuánto tiempo llevaba aquí?

–Sólo un rato –contestó Jennifer–. ¿Por qué te pones así?

–No me pongo de ninguna manera.

–¿Cómo que no? Pero si te está latiendo la vena de la sien derecha, como siempre que estás enfadado.

–Hemos venido juntos, te dejo media hora y te vas con otro –se lamentó Alex arrepintiéndose al instante de haber pronunciado aquellas palabras.

Jennifer no era suya.

–¿Cómo dices? Ni que fuera una buscona –le espetó Jennifer quitándose los esquís y yendo hacia el hotel–. Sólo quería impresionarte cuando volvieras, pero no tenía que haberlo intentado.

–¿De verdad? Espera.

–¿Qué?

–No quería herir tus sentimientos.

–No importa.

Obviamente, no era así y Alex se maldijo a sí mismo por su reacción.

–Me he puesto a la defensiva –admitió dándose cuenta de que lo había hecho por celos.

–¿Por qué?

–Porque soy un imbécil –contestó Alex encogiéndose de hombros.
–Perfecto. Me parece que ya he tenido bastante por hoy.
–Perdona por comportarme como un imbécil –insistió Alex agarrándola del brazo–. Déjame que te invite a cenar.
–No hace falta.
–Estoy muerto de hambre –insistió Alex.
–Yo también, la verdad –admitió Jennifer.
–Entonces, acepta mi invitación.
–Muy bien, pero me quiero duchar primero.
Alex asintió deseando que no lo hubiera dicho porque ahora se la imaginaba debajo de la cascada de agua completamente desnuda.
Se quitó los esquís y tragó saliva.
–Nos vemos dentro de una hora –se despidió Jennifer.
La vio alejarse por el vestíbulo del hotel y se preguntó por qué había tenido aquella reacción tan fuerte al verla con otro hombre.
A ella, le había dicho que era porque habían ido juntos, pero, en su fuero interno, sabía que era algo mucho más profundo.
En realidad, le gustaría ser lo que Jennifer estaba buscando, pero ella quería algo que durara toda la vida y él no se lo podía dar.

Capítulo Cinco

En cuanto entró en el hotel, Jennifer corrió a su habitación.

Tenía aproximadamente una hora para cambiarse de ropa. Al desnudarse, músculos que no sabía que tenía comenzaron a quejarse.

Aunque le hubiera gustado poder darse un buen baño de espuma para relajarse, tuvo que contentarse con una ducha corta y caliente.

Una hora después, llamaron a la puerta, justo mientras se estaba terminando de poner el jersey de colores y los vaqueros.

Era Alex, vestido con unos pantalones azul marino y una camiseta de manga larga azul que resaltaba sus preciosos ojos azules.

–Ya estoy lista –sonrió Jennifer colgándose el bolso del hombro y cerrando la puerta.

Pero Alex puso la mano para que no lo hiciera.

–Deja el bolso aquí porque no lo vas a necesitar. La cena forma parte del paquete y, para luego, tengo preparada una sorpresa, así que no vas a volver directamente a la habitación –sonrió divertido.

–No es necesario que te molestes –contestó Jennifer.

–Sí, sí lo es. Te he prometido que te iba a recompensar por lo de antes y lo voy a hacer.

–Alex...

–Llévate un abrigo, un gorro y guantes –le indicó.

–Por lo que dices, veo que la sorpresa es fuera –dijo Jennifer abandonando la habitación.

Que Alex se hubiera tomado la molestia de prepararle algo especial le encantaba.

–Ya lo verás –contestó Alex pasándole el brazo por el hombro.

Durante las dos horas siguientes, disfrutaron de una agradable cena en el restaurante del hotel.

Alex pidió vino y Jennifer se permitió tomar un par de copas, lo que la relajó todavía más.

Consideró la posibilidad de tomarse una tercera, pero desechó la idea porque se dijo que tenía que estar alerta cuando estuviera cerca de Alex.

Cuando terminaron de cenar, salieron del hotel y Alex le hizo una señal a un señor que estaba sentado en un banco.

Al instante, se oyeron campanillas y apareció un trineo tirado por caballos.

–¡Oh, Alex! –exclamó Jennifer encantada–. ¡No me puedo creer que vayamos a dar un paseo en trineo!

Alex sonrió, encantado de que la sorpresa le

hubiera gustado, y la ayudó a subir. Una vez sentado a su lado, el conductor les dio una manta, que Alex extendió sobre sus rodillas.

A continuación, le pasó Jennifer del brazo por los hombros y la abrazó contra sí mientras los caballos comenzaban a ponerse en movimiento.

–¿Cómo te has enterado de que había paseos en trineo?

–Mientras te esperaba, he estado hablando con uno de los empleados, que me ha estado contando un montón de actividades que hay para los huéspedes. He elegido ésta porque he creído que te gustaría y porque quería sorprenderte.

–Te aseguro que lo has conseguido –dijo Jennifer con un brillo especial en los ojos–. Esto es genial –añadió intentando no pensar en el componente romántico de todo aquello.

–Te quiero pedir perdón por haberme puesto borde con tu monitor de esquí. No quería estropearte la tarde.

–No me la has estropeado, así que vamos a olvidarnos de ello.

–Te prometo que mañana voy a estar todo el día contigo.

–No es necesario. Sé que has venido para esquiar.

–Me gusta mucho esquiar, sí, pero me lo estoy pasando muy bien contigo –contestó Alex.

Aquella admisión tomó a Jennifer por sorpresa, pero le gustó.

–Lo mismo digo –sonrió estremeciéndose.
–¿Tienes frío? Me parece que hay chocolate caliente por aquí –dijo Alex abriendo un pequeño compartimento metálico–. Sí, aquí está –añadió sacando un termo–. Toma –le dijo pasándole una taza.

Jennifer dio un trago al chocolate y se relamió.

–Esto es maravilloso –dijo pasándole la taza a Alex.

Alex aceptó la taza aunque hubiera preferido beber el chocolate de sus labios.

–¿Le has dicho a tus padres que salías de viaje el fin de semana?

–Oh, no.

La única persona a la que se lo había dicho había sido Casey y ahora hubiera preferido no hacerlo porque lo único en lo que podía pensar era en hacer lo que sabía le había sugerido: seducir a Alex.

Le bastaría con invitarlo a su habitación.

–Si lo hubiera hecho, habrían querido saber con quién me iba.

–¿Y no querías decirle que te venías conmigo? –dijo Alex un tanto molesto.

–No –admitió Jennifer.

Sus padres le habrían dicho que irse de viaje con su jefe no era una buena idea y eso ella ya lo sabía.

–Supongo que es ridículo, pero me importa mucho lo que mis padres piensen de mí. Si se lo hubiera dicho, se habrían creído lo que no es.

-¿Qué se habrían creído? ¿Que nos vamos a pasar todo el fin de semana revolcándonos en la cama? -bromeó Alex.

-¡Alex! -exclamó Jennifer dándole un codazo-. Sí, supongo que habrían creído eso -añadió sonrojándose-. Mis padres son muy anticuados para ciertas cosas.

Jennifer sabía que a sus progenitores no les gustaría nada que sedujera a Alex para quedarse embarazada, pero también sabía que la querían y que querrían mucho a su nieto independientemente de cómo hubiera sido concebido.

-No paran de decirme que Tony se casa el año que viene y que Greg tiene novia y no tardará en anunciar su compromiso.

-O sea que tus padres quieren que te cases.

Jennifer asintió.

-Cada vez que voy a verlos, me sacan el tema. Por lo visto, tres nietos no les parece suficiente y quieren más -le explicó Jennifer-. ¿Tus padres también intentan influenciarte?

Alex apretó los dientes.

-No los veo lo bastante como para saberlo.

-¿De verdad?

-Mi padre no es el típico abuelo.

-Qué pena. ¿Y tu madre?

-No tenemos mucha relación. Hace unos seis meses que no sé nada de ella.

-¿Seis meses? ¿La has llamado?

-Sí, pero... -dijo Alex encogiéndose de hombros con indiferencia–. No me quiere y nunca me ha querido –se sorprendió a sí mismo admitiendo.

–¿Por qué dices eso? –le preguntó Jennifer dándose cuenta de que la tristeza empañaba sus ojos.

–Me abandonó cuando se divorció de mi padre. Yo tenía diez años y dijo que le estropearía su estilo de vida –contestó Alex haciendo un gran esfuerzo.

Acto seguido, para que Jennifer no se diera cuenta de lo difícil que le resultaba hablar de aquello, se giró y dejó el termo en su sitio.

Pero Jennifer había visto la desilusión en sus ojos y se había dado cuenta de que Alex no era capaz de amar porque nadie lo había amado nunca.

–Oh, Alex, lo siento mucho.

–No importa. Normalmente, no pienso en ello –mintió.

Lo cierto era que le hubiera gustado tener una familia como la de Jennifer, pero no había tenido esa suerte y ahora estaba convencido de que era más fácil no sufrir si no esperaba nada de nadie.

Al comprender que Jennifer creía en la familia y en los finales felices, se planteó darse una oportunidad con ella porque era una mujer cariñosa y buena, pero bajar la guardia podría resultar fatal para su corazón.

Era una estupidez dejar que un romántico paseo en trineo se le subiera a la cabeza.

–¡Mira, Alex! ¡Está nevando! –exclamó Jennifer maravillada mientras los copos de nieve caía a su alrededor.

–Sí, es precioso –contestó Alex.

–Es perfecto –murmuró Jennifer–. El paseo en trineo, la nieve, todo esto es tan... –se interrumpió al mirar a Alex.

–¿Romántico? –murmuró él leyéndole el pensamiento.

A continuación, paseó su mirada por su rostro, sobre su maravillosa boca, tan tentadora, y la miró a los ojos.

Jennifer tenía las mejillas sonrosadas por el frío y, como si fuera la cosa más natural del mundo, Alex le besó la nariz y bajó hasta su boca.

–Alex... –protestó Jennifer.

Pero Alex le pasó la lengua por los labios y el deseo se apoderó de ella.

–Sólo quiero besarte –murmuró Alex como si estuviera pidiéndole permiso–. Sólo un beso, Jen. ¿A quién le hace daño un beso?

«A mí», pensó Jennifer.

Sin embargo, lo besó.

Alex le devolvió el beso con pasión y, al instante, se dio cuenta de que se había excitado sobremanera pues se le había endurecido la entrepierna.

La apretó contra sí y, al cabo de un rato, se percató de que el trineo se había parado.

Al separarse de Jennifer, vio que habían llegado de nuevo al hotel y que el conductor estaba esperando a que bajaran.

No sabía muy bien qué debía decirle a Jennifer, pero supuso que tenía que pedirle perdón porque no debería haber permitido que el deseo se le hubiera ido de las manos.

Sin embargo, Jennifer le puso un dedo sobre la boca.

–Gracias por una noche perfecta –murmuró.

Obviamente, le estaba diciendo que se había terminado.

Aunque a Alex no le hacía ninguna gracia, no dijo nada pues debía respetar su decisión y, si ella no quería que hubiera nada íntimo entre ellos, así debía ser.

Alex bajó del trineo y la ayudó a bajar a ella, la acompañó a su habitación y se fue a la suya diciéndose que iba ser espantoso dormir solo.

–¡Alex!

Alex se giró y buscó a Jennifer en mitad de la ventisca.

Habían cambiado los billetes para volver más tarde porque querían esquiar hasta el último momento, pero las condiciones climatológicas empeoraban por momentos y a Jennifer cada vez le costaba más seguir a Alex.

Por fin, lo vio y fue hacia él. Cuando llegó a su lado, intentó frenar derrapando sobre la nieve, pero no calculó bien la distancia y cayó al suelo encima de él.

–Vaya, perdón otra vez –rió.

–La tienes tomada conmigo, ¿eh? –rió Alex metiéndole un puñado de nieve bajo la bufanda.

Jennifer intentó zafarse, pero Alex se tumbó sobre ella.

–¡Para! ¡Por favor! –imploró Jennifer aunque lo cierto era que estaba encantada.

Varias veces se habían caído en aquella postura durante el fin de semana y Alex se había tomado la libertad de besarla frecuentemente desde el paseo en trineo.

Jennifer sabía que debía parar aquello, pero no podía y, cada vez que se besaban, pensaba en invitarlo a su habitación, pero había conseguido sobreponerse a la tentación y se iban ese mismo día.

Lo había conseguido. En unas pocas horas, volverían a la normalidad, volverían al trabajo y todos habían salido bien parados.

Excepto su corazón.

–¡Oblígame! –la retó Alex mirándola a los ojos.

–Eres un demonio –sonrió Jennifer.

–Un demonio de lo más sexy –contestó Alex besándola en los labios.

Jennifer gimió y Alex se retiró diciéndose que había conseguido no tocarla en todo el fin de semana, que ya estaba a punto de terminarse.

Habían estado flirteando sin parar, pero no habían hablado de ello porque era un juego demasiado peligroso.

Jennifer sabía que, en cuanto regresaran a la oficina, Alex volvería a ser el hombre serio y distante de siempre, pero le había gustado pasar aquel fin de semana con él para descubrir lo que había bajo la fría fachada que ofrecía a los demás.

Aquel hombre era bueno y tierno.

–¿Quieres que te enseñe lo demoníaco que puedo ser? –sonrió Alex apretando sus caderas contra las de Jennifer.

–Eso no vale –sonrió Jennifer–. Bueno, ya está bien. Nos tenemos que ir. Cada vez está nevando más.

–Tienes razón –contestó Alex poniéndose en pie–. Vamos al hotel.

Cuando llegaron al hotel, los informaron de que la carretera había quedado cortada por la tormenta.

Los dos escucharon la noticia en silencio pues lo cierto era que su fuerza de voluntad estaba al límite.

–Tendremos que esperar uno o dos días, depende del tiempo. Han dicho que va a nevar más esta noche –le dijo Alex.

–¡Pero tenemos que volver al trabajo! –exclamó Jennifer presa del pánico.

–No hay nada que no pueda esperar –la tranquilizó Alex–. Llamaría a un helicóptero, pero no pueden despegar ni aterrizar. No te preocupes, casi todo el mundo aquí está igual que nosotros.

Jennifer negó con la cabeza. Estaba segura de que casi todo el mundo allí no tenía en mente acostarse con Alex.

—¿Qué vamos a hacer?

—Llamaré mañana por la mañana a primera hora a la oficina para decirles que no vamos a ir a trabajar.

—¡No! En la oficina, nadie sabe que estamos pasando el fin de semana juntos —le recordó Jennifer.

—No pasa nada, Jennifer.

—¿Cómo que no? En cuanto se enteren de que estamos juntos, no quiero ni imaginarme lo qué pensarán.

—No van a pensar nada.

—¿Cómo puedes ser tan ingenuo?

Alex comprendió que Jennifer tenía razón.

—Llama a tu secretaria y dile que has tenido que salir de la ciudad por negocios —le indicó Jennifer—. Dile que todavía no sabes en qué hotel te vas a hospedar y que ya la llamarás. Si necesita algo, que te llame al móvil.

—¿Y tú?

—Yo voy a llamar a Paige para decirle que estoy enferma.

—¿Tú? Pero si tú nunca te pones enferma —rió Alex.

—No, pero alguna vez tenía que ser la primera.
—¿Y si te llama a casa y ve que no estás?
—Le diré que no tengo teléfono en la habitación y que me llame al móvil –improvisó Jennifer.
—No creo que sea necesario inventarnos todo esto...
—¡Alex!
—Está bien, está bien. Si así te sientes más cómoda.

Una vez tomada aquella decisión, Jennifer comenzó a darle vueltas a la cabeza para ver cómo iba a conseguir no acostarse con Alex si tenía que pasar un par de días más con él a solas.

—Estoy cansada, voy a darme un baño –anunció.
—Espera –le dijo Alex agarrándola del brazo.
—¿Qué pasa?
—Te tengo que decir otra cosa. Resulta que, antes de que la carretera quedara intransitable, un montón de gente consiguió llegar hasta aquí y...

Jennifer enarcó una ceja.

—Bueno, somos muchos y no hay habitaciones suficientes, así que están pidiendo que las compartamos.
—¿De verdad?

Jennifer comprendía la situación y le parecía lógico, pero la idea de compartir habitación con un desconocido no le hacía mucha gracia.

–Está bien –se resignó–. ¿Con quién tengo que hablar?

–Con nadie –contestó Alex–. Ya les he dicho yo que compartiríamos habitación.

–¿Cómo?

–Me pareció lo mejor, Jennifer. No sé a ti, pero a mí no me hace ninguna gracia compartir habitación con un desconocido.

–A mí, tampoco –admitió Jennifer.

–¿Y cómo dormimos?

–Tú puedes dormir en la cama y yo me apañaré en el sofá.

–No, el sofá es muy pequeño para ti, así que te cedo la cama.

–Ya decidiremos eso luego –concluyó Alex.

A continuación, se fue a hablar con la directora del hotel mientras Jennifer recogía sus cosas para mudarse a la habitación de su jefe, que era un poco más grande.

Desde luego, se había metido en un buen lío del que no sabía cómo iba salir. ¿Qué iba a hacer? ¿Quedarse mirando toda la noche al hombre del que estaba medio enamorada sin hacer nada?

Lo cierto era que le apetecía liarse la manta a la cabeza por una vez en su vida. Le apetecía acostarse con él, pero se aseguraría de que utilizara preservativos porque no quería engañarlo.

Por mucho que deseara ser madre, no podía engañarlo.

Capítulo Seis

Alex llamó a la puerta y esperó a que Jennifer abriera.

Había decidido que, aunque se había permitido el lujo de besarla en varias ocasiones, el hecho de compartir habitación lo cambiaba todo.

Se acabaron los besos.

Se acabaron las caricias.

Debían volver a tener una relación platónica.

Debían volver a ser solamente amigos porque, como se volvieran a besar, estaba prácticamente seguro de que no iba poder parar y entonces serían amantes y ya no habría marcha atrás.

El deseo que sentía por ella podía llevarlo a destruir su amistad, su relación laboral y a perder a la única mujer que le importaba algo.

Tenía que controlarse como fuera.

Cuando le abrió la puerta con una sonrisa radiante, no lo tuvo tan claro.

—¿Estás lista?

—Todo recogido.

—¿Adónde quieres ir a cenar?

—No sé —contestó Jennifer siguiéndolo por el pasillo—. La verdad es que estoy un poco cansada y primero me gustaría darme un baño.

Al imaginarse a Jennifer desnuda en su habitación, en su bañera, Alex sintió que un calor insoportable se apoderaba de su cuerpo.

«Qué no cunda el pánico. Lo tengo todo controlado», se dijo.

De repente, se le ocurrió una buena idea.

—¿Te has traído un bañador? Creo que tienen una bañera de hidromasaje para los huéspedes. ¿Qué te parece si nos relajamos en ella antes de cenar? —propuso.

—Muy bien —contestó Jennifer.

¡Las dos metiditos en una bañera de hidromasaje! La ocasión perfecta para comenzar con la seducción de Alex.

La idea de la bañera de hidromasaje había sido mala.

Pésima.

Alex miró a Jennifer, que llevaba un supuesto bañador que apenas le cubría su maravilloso cuerpo, y tragó saliva.

En los cinco años que llevaban trabajando juntos, jamás la había visto en biquini y la visión resultaba estremecedora.

Jennifer se metió en el agua, pero sus dos pechos se negaron a sumergirse y Alex sintió que se le hacía la boca agua.

De repente, se le antojó que tenía toda la sangre en la entrepierna, así que se metió a toda prisa en la bañera de hidromasaje, en la que había otra pareja que les sonrió con educación y se fue.

–¿Los habremos asustado? –sonrió Jennifer girándose hacia Alex–. ¿Te pasa algo? –añadió al ver que estaba muy tenso.

–A mi no, pero tú debes de estar loca para haberte puesto semejante bañador –le espetó arrepintiéndose al instante de haber pronunciado aquellas palabras.

En un instante, las esperanzas de Jennifer de seducir a Alex se evaporaron.

–Perdón por avergonzarte –murmuró poniéndose en pie.

Alex la agarró del brazo y tiró de ella para que se volviera a sentar.

–No me has avergonzado –le dijo preguntándose cómo iba a explicarle lo que le estaba sucediendo.

«Lo cierto es que te deseo, pero no te puedo tener y no quiero que te tenga nadie».

Pero aquello no se lo podía decir.

Se dio cuenta de que había herido sus sentimientos y la miró a los ojos.

–Perdona, me he pasado –se disculpó.

–Olvídalo.

Alex se acercó a ella y le rodeó los hombros con el brazo.

–Te he dicho eso porque estás muy buena.

¿Por qué le había dicho eso? No tenía ni idea, pero, para rematarlo, siguió adelante.

–Estás tan buena que se me olvida una y otra vez que prometimos que las cosas entre nosotros no se iban a complicar. Yo lo único en lo que puedo pensar es en quitarte ese bañador y en recorrer tu cuerpo con la boca.

Jennifer lo miró con la boca abierta.

–Ah.

Y ella preocupada, creyendo que le iba ser difícil seducir a Alex. Jamás hubiera imaginado que él también quisiera seducirla a ella.

–Perdona, ahora sí que me he pasado.

Jennifer se acercó a él y le acarició los labios con un dedo.

–Es el mejor cumplido que me han hecho en la vida –le aseguró–. Admito que, cuando me propusiste que pasáramos el fin de semana juntos, no me hizo mucha gracia, pero ahora te tengo que decir que yo también te encuentro atractivo y tentador.

–No debería haberte besado la primera noche, cuando llegamos.

–Yo también te besé.

–Sí, y eso hizo que quisiera seguir besándote.

–A mí me gusta besarte –susurró Jennifer–. Hacía mucho tiempo que no me gustaba tanto besar a un hombre.

Alex apretó los dientes.

Oír aquello no lo estaba ayudando en absoluto a mantener el control, así que se apartó de ella.

–Creo que me está entrando hambre –anunció.

Tal vez, lo mejor sería emborracharse después de la cena para ver si, así, olvidaba que Jennifer iba a dormir en la misma habitación.

–Yo también estoy muerta de hambre –sonrió Jennifer de manera inequívoca.

–¿Me pasas una toalla? –le pidió Alex para no quedar como un idiota pues estaba excitado desde que la había visto en bañador.

–Claro –contestó Jennifer mientras se secaba.

Mientras Alex se puso la toalla a la cintura, Jennifer se dio cuenta de que estaba más excitada de lo que jamás lo había estado.

Alex le había dicho que la deseaba.

«Sólo una vez», se prometió a sí misma.

Sabía que acostarse con ella no iba a ser especial para él, pero ella iba a conseguir algo que siempre había deseado.

Alex.

No iba a ser para toda la vida, pero, al menos, iba a ser suyo durante una noche. Aun así, Jennifer se dijo que aquello no funcionaría si no dejaban claro entre ellos que, en cuanto se fueran de la estación de esquí, todo volvería a la normalidad y jamás volverían a cruzar la frontera entre jefe y empleada.

Era imposible mantener una aventura con

el jefe y trabajar para él porque algún día Alex terminaría su relación con ella y, entonces, Jennifer perdería el corazón y el trabajo.

Se preguntó si sería capaz de volver a la oficina y olvidar que se había acostado con él y se dio cuenta de que no, pero tendría que hacer como que lo había olvidado.

En cualquier caso, tenía intención de ir a la clínica de inseminación artificial y, en cuanto se quedara embarazada, dejaría el trabajo, así que el tiempo que iba estar con Alex no era mucho.

Así que, por una vez en su vida, se iba a liar la manta a la cabeza.

–¿Listo?

Alex gruñó algo y Jennifer sonrió encantada.

Mientras iban a la habitación, Alex se dio cuenta de que necesitaba un plan, algo que le hiciera olvidar que se moría por tocarla.

¿Qué tal irse a esquiar por la noche?

–¿Te parece bien si paso yo primero al baño? –le preguntó Jennifer una vez en la habitación.

Alex tragó saliva y asintió.

Al cabo de un rato, Jennifer salió del baño con el chándal puesto y, al ver que comenzaba a quitárselo, Alex se quedó de piedra.

–¿Qué haces?

–Cambiándome de ropa –sonrió Jennifer con picardía acercándose a él–. ¿Sabes una cosa? He estado pensando en lo que me has dicho.

Alex sintió pánico porque le había dicho muchas cosas.

–¿Podrías ser un poco más concreta? –le dijo con el corazón latiéndole aceleradamente al volverla a ver en biquini.

La tenía tan cerca que veía el relieve de sus pezones bajo la tela.

–Me estaba refiriendo a cuando me has dicho que te parece que estoy muy buena.

–Ah, sí, bueno...

–¿Lo has dicho en serio? –le preguntó Jennifer bajándole la cremallera de la chaqueta y poniéndole las manos en el pecho.

–Sí –admitió Alex.

–¿Qué te parecería si pidiéramos la cena al servicio de habitaciones?

–¿Cómo?

–Pensándolo mejor, ya llamaremos luego, que es cuando vamos a tener verdadera hambre –le dijo apretándose contra él.

–¿Estás segura? –preguntó Alex mirándola a los ojos.

Todavía no la había tocado porque sabía que si lo hacía no sería capaz de parar.

–Por supuesto que sí –contestó Jennifer.

–Menos mal –exclamó él besándola con fuerza.

Jennifer le pasó los brazos por el cuello y sintió el calor de su piel. Los besos que se habían dado hasta entonces habían sido inocentes comparados con el apasionado beso que los estaba derritiendo a ambos.

−Eres preciosa −murmuró Alex mirándola apreciativamente.

A continuación, la besó por el cuello y los hombros desabrochándole la parte superior del biquini.

Entonces, se quedó mirándola, alargó el brazo y le acarició un pezón con el pulgar, maravillándose cuando se endureció.

Jennifer se acercó a él y Alex comenzó a lamerle los pechos haciendo que sintiera fuego dentro del cuerpo.

Cuando sintió su boca en los pezones, creyó morir y, cuando las manos de Alex recorrieron sus muslos, se dio cuenta de que se moría por sentirlo dentro. Aquellas manos la estaban volviendo loca.

−Alex −murmuró.

No podía esperar más. Sentir su boca en los pechos y sus manos por todo el cuerpo la había excitado sobre manera.

−Quiero tenerte dentro −le dijo tumbándose en la cama.

−Ahora mismo −murmuró Alex quitándole la parte inferior del biquini y acariciándole la entrepierna hasta hacerla gritar de placer.

−Por favor, Alex −murmuró Jennifer mordiéndose el labio inferior y aguantando el orgasmo.

Alex terminó de desnudarse y se tumbó sobre ella. Jennifer colocó sus caderas de manera que a Alex le fue fácil agarrarla de las nalgas.

–¿Estás tomando algo? –le preguntó.

Jennifer lo oyó como en una nebulosa y se dijo que debía decirle la verdad, pero se moría por sentirlo dentro cuanto antes.

–Sí –se le escapó.

Alex se adentró en su cuerpo.

–Eres perfecta –murmuró.

«Perfecta».

No, no era perfecta.

Para empezar, le había mentido.

–¡Alex! –murmuró sintiéndose culpable.

Pero entonces Alex comenzó a moverse dentro de su cuerpo y Jennifer se quedó sin palabras.

–Alex –gritó.

Pero Alex cubrió su boca de besos.

Jennifer sólo podía pensar en el placer que le estaba dando, en lo maravilloso que era estar con él y comenzó moverse a su ritmo hasta que juntos alcanzaron el éxtasis.

«Le he mentido».

Tumbada entre los brazos de Alex, Jennifer tuvo que hacer frente a la terrible verdad.

«No, quería contarle la verdad».

Sí, pero no lo había hecho.

«Si se lo digo ahora, no me va a creer».

El daño ya estaba hecho. Era irreversible.

¿Qué debía hacer?

«No le digas nada».

Lo peor era que, si le decía la próxima vez que debía ponerse un preservativo, se daría cuenta de que le había mentido.

Aquello se le hizo insoportable y se levantó de la cama bajo la atenta mirada de Alex, mezcla de frustración y de sorpresa.

−¿Adónde vas?

−Al baño −improvisó Jennifer−. ¿Por qué no pides la cena? Ahora mismo vuelvo.

Sin esperar su respuesta, se metió en el baño y cerró la puerta.

Alex se preguntó por qué se había distanciado de él.

«Lo sabes perfectamente».

Justo antes de penetrarla, había sentido su indecisión y, en lugar de dejar que se echara atrás, la había besado para no dejar que lo hiciera.

Lo cierto era que no hubiera podido soportar que le dijera que parara y se sentía un canalla por ello.

Debía pedirle perdón, pero dudaba que fuera a servir para algo porque Jennifer debía de estar furiosa con él y no era para menos.

Pidió la cena y Jennifer seguía sin salir del baño.

−Jennifer −dijo acercándose a la puerta.

−Ya voy.

Alex intentó dilucidar por su tono de voz si

lo había estropeado todo, pero no fue capaz porque era un tono neutro.

Necesitaba verla para saber si todo se había acabado entre ellos.

A los pocos segundos, Jennifer salió del baño con el albornoz de Alex puesto, que le sentaba de maravilla.

Alex se dijo que jamás olvidaría aquel momento.

¡Qué guapa estaba!

–¿Estás bien? –le preguntó.

–Por supuesto –contestó Jennifer abriendo el armario–. Me voy a vestir. ¿Quieres pasar al baño?

No le dijo nada más, pero Alex se dio cuenta de que evitaba mirando y decidió que no debía presionarla aunque necesitaba hablar con ella de lo que había ocurrido para dejar las cosas claras y pedirle perdón.

–Sí –contestó para dejarla unos minutos a solas.

Iba a tener que encontrar el momento propicio para hablar y rezar para encontrar las palabras adecuadas.

Capítulo Siete

–Tenemos que hablar.

Alex se giró alarmado.

No esperaba que fuera Jennifer la que lo dijera.

La miró a los ojos y ella ni siquiera se inmutó. Alex tuvo la impresión de que no le iba a gustar lo que le iba a decir.

Para cuando había terminado de ducharse y había vuelto a la habitación, la cena que había pedido ya había llegado y Jennifer la había colocado en la mesa.

Habían cenado y habían hablado sobre el trabajo y un poco sobre su familia, pero no sobre lo que había ocurrido entre ellos.

Alex no había reunido todavía el valor suficiente para pedirle perdón y ahora era demasiado tarde porque Jennifer había agarrado el toro por los cuernos.

–Muy bien –contestó Alex tensándose de pies a cabeza mientras esperaba sus palabras.

–Alex...

Jennifer no encontraba las palabras exactas. Las había decidido en su cabeza y las había repetido una y otra vez, pero decirlas en voz alta no era tan fácil.

No podía decirle la verdad.

Ahora que se había acostado con él, se había vuelto egoísta y quería más. En cuanto la carretera hubiera quedado libre de nieve, volverían a casa, así que tenía que aprovechar el tiempo que le quedaba con él.

Si por ella fuera, jamás saldrían de aquella habitación, pero, si quería que aquello funcionara, tenía que asegurarse de que Alex supiera lo que sentía por él.

Tenía que convencerlo de que lo único que quería de aquel fin de semana era lo mismo que él... sólo sexo.

Jennifer lo miró a los ojos y se dio cuenta de que estaba tan enamorada de él que le entraron unas terribles ganas de llorar.

Maldición.

Intentó parar las lágrimas porque no quería que Alex supiera lo mucho que había significado para ella hacer el amor.

—Lo que ha ocurrido entre nosotros... bueno, no sé lo que tú pensarás de mí, pero te aseguro que no suelo ir acostándome por ahí con todo el que pillo.

—Jamás he pensado eso de ti, Jen —contestó Alex dándose cuenta de que Jennifer tenía los ojos brillantes por las lágrimas y odiándose a sí mismo al comprender que era por su culpa.

A Jennifer le entraron todavía más ganas de

llorar al oír que la llamaba así pues había empleado aquel diminutivo una y otra vez mientras hacían el amor.

—Ninguno de los dos queríamos que esto sucediera, pero...

—Me parece que no quiero oír lo que me vas a decir —dijo Alex dándose cuenta de que Jennifer lo estaba pasando mal por algo—. No creo que pueda soportar oírte decir que te arrepientes de lo que ha ocurrido entre nosotros.

—¿Arrepentirme yo? —sonrió Jennifer entre las lágrimas—. Claro que no. Yo, de hecho... a mí me encantaría que volviera a suceder. Si tú quieres, claro.

Alex sintió un tremendo alivio.

Por supuesto que quería.

Ahora mismo.

Antes de que Jennifer dijera nada más, se inclinó sobre ella y la agarró de la mano.

—Menos mal porque estaba empezando a pensar que te arrepentías.

—Oh, no. No pienses eso. Lo que pasa es que necesito que me prometas una cosa antes de volver a... acostarnos otra vez.

—Lo que tú quieras —contestó Alex.

¿Por qué no había dicho que habían hecho el amor? Aunque él sólo buscara una relación sexual con Jennifer, lo molestaba que ella quisiera lo mismo.

¿Por qué?

—Alex, me parece que cuando decidimos pasar el fin de semana juntos nos comportamos los dos de manera un tanto ingenua. Creíamos que no iba a ocurrir nada entre nosotros, pero nos hemos equivocado. En cualquier caso, tampoco es para tanto porque es normal que tengamos una aventura.

¿Una aventura?

Así que, aunque él hubiera querido otra cosa, Jennifer le estaba dejando muy claro que no había nada más.

Sólo una aventura.

Pero detrás de sus ojos había algo más.

–¿Qué te guardas? –le preguntó molesto.

–Esto no puede seguir adelante.

–¿Por qué?

«Porque estoy enamorada de ti».

–¡Por mi trabajo! –mintió Jennifer.

–Si es eso lo que te preocupa, te aseguro que nada va a cambiar en ese terreno.

–Mi trabajo es muy importante para mí.

Alex había presentido mientras hacían el amor que había algo que preocupaba a Jennifer y ahora sabía que era el miedo a perder su trabajo.

–No vas a perder tu puesto –le aseguró.

–La única manera de quedarme tranquila es que me prometas que, en cuanto hayamos vuelto, nos olvidaremos de lo que ha ocurrido este fin de semana.

–¿Cómo? –dijo Alex sorprendido.

Se le hacía realmente imposible prometerle

que iba ser capaz de olvidar haberle hecho el amor.

–¿Es eso lo que quieres de verdad?

«No».

–Sí –contestó Jennifer.

–¿Y mientras sigamos aquí?

Era obvio que seguía deseándola.

Jennifer se puso en pie y fue hacia él.

Sentía que el corazón le latía aceleradamente, como si se le fuera a salir del pecho.

Una vez a su lado, le acarició la mejilla.

–Mientras sigamos aquí, podemos seguir haciendo el amor si quieres.

Alex se quedó mirándola.

–Eres una buena negociadora.

–¿Por eso me contrataste? –sonrió Jennifer–. Porque se me da bien lo que hago.

–Efectivamente –contestó Alex besándola.

Jennifer lo besó también y sintió que las rodillas le temblaban.

Alex la tomó en brazos y la llevó a la cama. Una vez allí, le quitó el albornoz y comprobó que no llevaba ropa interior.

Tenerla ante sí medio desnuda, con sus preciosos pechos al aire, lo excitó sobremanera. Alex se tumbó a su lado y la besó con pasión mientras le acariciaba los pechos y jugueteaba con sus pezones.

–¿Te gusta? –le preguntó con voz ronca.

–Me gusta todo lo que me haces –murmuró Jennifer mirándolo a los ojos.

Alex se tumbó de espaldas y la colocó sobre él a horcajadas.

–Ven aquí –le dijo lamiéndole los pezones y viendo que cerraba los ojos–. ¿Me deseas?

–Oh, sí –contestó Jennifer moviendo las caderas hacia delante y sintiendo lo excitado que estaba.

–Dilo –le ordenó Alex.

–Te deseo –obedeció Jennifer–. Entra en mi cuerpo –murmuró.

Alex la agarró de la cintura y colocó su erección entre las piernas.

–Oh, sí, Alex –dijo apretando los dientes–. Esto es maravilloso.

Jennifer tenía la sensación de que aquel hombre estaba hecho para ella. Dejó caer la cabeza hacia atrás cuando lo sintió moviéndose en su interior, separó bien las piernas y gritó de placer.

El orgasmo le había llegado tan rápido que la había sorprendido gritando su nombre y Alex la agarró de las nalgas con fuerza, arqueó la espalda y se dejó ir también.

Entonces, Jennifer se dio cuenta de que jamás amaría a nadie en toda su vida.

Tumbados en la cama con la respiración entrecortada, Alex se dio cuenta de que Jennifer se tensaba, pero la agarró con fuerza para que no se le volviera a escapar.

No quería que estuviera a solas más tiempo porque a saber qué otras condiciones se le podían ocurrir.

Así que se quedó tumbado a su lado, acariciándola y maravillándose ante la suavidad de su piel.

Y entonces recordó que le había hecho prometer que aquello no había ocurrido. Jennifer quería que no recordara haber estado con ella.

Era imposible.

Aunque se lo había prometido, jamás se olvidaría de lo que era hacerle el amor.

¿Por qué aquella mujer era diferente a las demás? Con las otras había sido fácil mantener los sentimientos a raya.

Aunque no quería dormirse para levantarse al día siguiente porque temía que fuera el último día con ella, Alex no pudo evitar quedarse dormido.

El teléfono despertó a Jennifer.

¿Quién demonios sería? Nadie sabía que estaban allí.

Lo cierto era que lo último que le apetecía era separarse de Alex, que la abrazaba con fuerza, para ir a contestarlo, así que no lo hizo.

Al final, el teléfono dejó de sonar y Jennifer suspiró aliviada.

Sin embargo, la realidad llegó a su cerebro y

recordó que, tal y como le había dicho a él, lo mejor era olvidar que habían hecho el amor.

Aunque a ella le iba resultar imposible pues sabía que no iba a pasar ni un solo día de su vida sin recordarlo.

Alex, sin embargo, había accedido con facilidad a su sugerencia. Aquello le había dolido. Si se hubiera quejado un poco, Jennifer habría tenido la sensación de significar algo más para él aparte de sexo sin ataduras.

Aunque sabía que era imposible, ella quería ser algo más para Alex que una aventura de fin de semana, lo que suponía era una estupidez porque Alex tenía mujeres revoloteándole alrededor constantemente.

No era de extrañar porque era un hombre guapísimo, dulce y romántico.

No tenía más que pensar en el paseo en trineo.

«No, eso no lo hizo porque sea romántico sino para pedirme perdón», se recordó.

«Pero me besó».

Sí, pero ese beso era fácil de explicar. Se dejó llevar por el momento y era parte de la disculpa.

«Pero también me ha dicho que le parecía que estaba muy buena».

Parte del coqueteo.

Alex tenía encanto y sabía cómo utilizarlo para hacer que la mujer a la que le estaba hablando se sintiera especial.

«¿Y el sexo?». Lujuria, simple lujuria.

En ese momento, sintió un beso en el hombro y se giró para mirarlo. Una vez frente a él, le acarició la mejilla y sonrió.

—Creía que no te costaba madrugar —murmuró al ver que Alex volvía a cerrar los ojos.

—No me cuesta madrugar cuando no duermo contigo —contestó Alex acariciándole un pecho y mirándola a los ojos—. ¿Sabes lo que estoy pensando?

En ese momento, a Jennifer le sonaron las tripas y se rió.

—¿Que es hora de desayunar?

Alex la besó y sonrió.

—Bueno, no era eso exactamente —le dijo acariciándole la entrepierna.

El cuerpo de Jennifer reaccionó automáticamente y Alex sintió que se excitaba y que se le aceleraba el ritmo cardíaco.

A Alex se le encendieron veinte mil alarmas en el cerebro ante aquella reacción, pero, aun así, la tomó entre sus brazos y se tumbó sobre ella.

—Creo que tienes razón. Voy a pedir el desayuno porque debes recuperar fuerzas para la larga jornada que tienes por delante —sonrió diabólico.

Con el corazón latiéndole aceleradamente, Jennifer lo observó mientras se ponía en pie. Era tan guapo que la dejaba sin respiración.

–¿Qué quieres tomar? –le preguntó descolgando el teléfono.

–Café, por favor, y tostadas o magdalenas o algo así –contestó entrando en el baño–. Me voy a duchar mientras esperamos.

Alex llamó al servicio de habitaciones, hizo el encargo y colgó.

A los pocos minutos, volvió a sonar el teléfono y Alex contestó creyendo que sería el servicio de habitaciones de nuevo para hacer alguna consulta.

–Señor Dunnigan, soy Marjorie Bannon, la directora del hotel. Estamos informando a nuestros huéspedes que tenían fecha de salida para ayer de que la carretera ya está desbloqueada.

–¿Ya? –contestó Alex acercándose a la ventana.

Por lo visto, no había nevado aquella noche y fuera lucía un sol esplendoroso.

–Aunque el pronóstico meteorológico era que nevara, no lo ha hecho –le explicó la mujer–. Dicen que va a nevar esta noche, pero, de momento, todo está en calma.

–Ya –dijo Alex apretando los dientes.

–No es nuestra intención meter prisa a nadie, pero tenemos otros huéspedes esperando para ocupar las habitaciones y les agradeceríamos que dejaran libre la suya en una hora.

–¿Una hora? –repitió Alex irritado.

Querían que se fueran cuanto antes y eso

significaba que no iba a volver a tocar a Jennifer jamás.

—Sí, necesitamos las habitaciones —insistió la directora—. Por supuesto, esta última noche que han pasado aquí no se les va a cobrar.

Alex se acercó al armario y miró el reloj. Una hora. Sólo una hora. Y, luego, tendría que salir de aquella habitación como si jamás hubiera hecho el amor con Jennifer.

—Muy bien —contestó—. Estaremos fuera dentro de una hora —añadió colgando el teléfono.

Alex se acercó a la puerta del baño para informar a Jennifer de lo que había sucedido.

No podía hacerlo.

No podía volver a la oficina y volver a ser simplemente su jefe.

No podía olvidar lo que era tenerla entre sus brazos.

No quería hacerlo.

Maldiciendo como un descargador de muelles, Alex comenzó a hacer la maleta sin importarle como metía la ropa.

Cuando oyó que se abría la puerta del baño, miró hacia arriba y vio a Jennifer con una sonrisa en los labios que desapareció cuando vio que estaba haciendo la maleta.

—¿Qué ocurre?

Sólo llevaba una toalla alrededor del cuerpo y Alex tuvo que hacer un esfuerzo sobrehumano para no arrancársela y poseerla de nuevo allí mismo.

—Ha llamado la directora —le explicó metiendo el traje en su funda y girándose para que no viera lo mucho que aquello lo afectaba—. La carretera está desbloqueada, así que nos tenemos que ir porque hay otros huéspedes esperando para tener habitación.

Jennifer tragó saliva y controló las lágrimas.

—¿Cuándo?

No, aquello no podía estar sucediendo.

—Cuanto antes. Nos han dado una hora.

—Una hora —repitió Jennifer sintiendo que se desmayaba.

Por cómo estaba haciendo Alex la maleta, parecía tener mucha prisa por irse. Claro que aquello no debía sorprenderla porque el tiempo que habían pasado juntos no era para él más que una aventura sin ataduras.

—Muy bien —dijo acercándose a su maleta y colocándola sobre la cama.

Mientras Alex hacía su equipaje de espaldas a ella, Jennifer se puso unos vaqueros y un jersey sin ropa interior debajo porque pensó que, con el abrigo puesto, nadie se daría cuenta.

—El desayuno no tardará en llegar —le dijo Alex con voz neutra.

Jennifer sintió un nudo en la garganta.

No quería llorar bajo ningún concepto pero irse de aquel hotel iba a ser lo más duro que había hecho en su vida.

—Tal vez, sería mejor que desayunáramos en

el aeropuerto −contestó controlando sus emociones.

−Como quieras.

Jennifer miró a su alrededor por si se dejaba algo.

−¿Me pasas los guantes? −le dijo a Alex.

Alex se los pasó pensando que aquello no la estaba afectando en absoluto. ¿Acaso los cambios de planes sólo lo habían molestado a él?

−Gracias −le dijo Jennifer.

Alex gruñó algo y Jennifer lo miró a los ojos. A Alex le pareció ver un atisbo de tristeza en los suyos, pero desapareció tan rápido que se dijo que había sido su imaginación.

−Siento mucho que nos hayan avisado con tan poco tiempo.

Jennifer se encogió de hombros e hizo un esfuerzo imposible para no perder el control.

−No pasa nada, no es culpa tuya −sonrió−. Puede que así sea mejor −añadió porque no quería que Alex se sintiera culpable.

−Sí −contestó él mirándola.

Había algo que quería decirle... ¿qué? ¿Que no quería separarse de ella? Jennifer le había dicho que quería casarse y tener hijos y él no era de esos hombres, jamás podría darle lo que ella necesitaba.

Además, le había prometido que iba a olvidar lo que había ocurrido entre ellos aquel fin de semana, así que debía cumplir su promesa.

Se había terminado.

–Me voy a duchar –anunció metiéndose en el baño a toda velocidad.

De haberse quedado en la habitación con ella, la habría tomado entre sus brazos y habría hecho alguna estupidez, como decirle que le dolía tanto el corazón que creía que iba a morir.

Jennifer se dejó caer sobre la cama y se tapó la cara con las manos.

¿Cómo iba a soportar las siguientes horas? ¿Cómo había creído que iba ser capaz de volver a su vida normal después de haber hecho el amor con Alex?

Debía hacerlo. Él estaba de acuerdo y, por cómo lo estaba llevando, no parecía costarle mucho.

Cuando oyó que el agua dejaba de correr en el baño, se apresuró a ponerse en pie y a terminar de hacer la maleta para que él creyera que estaba bien; lo último que quería era que Alex pensara que quería presionarlo a tener una relación seria o algo por el estilo.

–Solamente me faltan las cosas de baño –le dijo cuando Alex salió.

Él no contestó, pero se dio cuenta de que Jennifer estaba estableciendo ya distancias, volviendo a la relación jefe y empleada, así que terminó de hacer la maleta en silencio.

Al cabo de un rato, se giró hacia ella, que acababa de dejar la suya en el suelo, miró hacia la cama que habían compartido y la volvió a mirar a ella.

–¿Estás bien?
–Por supuesto.

La tensión que había entre ellos era tan fuerte que Alex sabía que Jennifer tenía que estar sintiéndola también.

Se acercó a ella y se quedó mirándola.

Jennifer sabía lo que quería porque era exactamente lo mismo que ella anhelaba, así que se entregó a él.

–Oh, sí –dijo abrazándolo.

Una última vez.

Alex la besó con pasión, como si nunca se fuera a cansar de hacerlo, y Jennifer le devolvió el besó con el mismo ardor.

Y, en un abrir y cerrar de ojos, sintió sus manos en los pezones y se apretó contra él.

–Sí –murmuró deseando que la acariciara de pies a cabeza–. Deprisa, por favor –le dijo cuando sintió que le estaba quitando el jersey.

Alex la desnudó por completo y se desnudó en pocos segundos. A continuación, la devoró a besos.

Sin parar de tocarse, cayeron sobre la cama. Jennifer separó las piernas, invitándolo a adentrarse en su cuerpo, y Alex la penetró de una sola embestida.

–Jen –murmuró comenzando a moverse en su interior.

Sabiendo que era la última vez que la iba a tocar, exploró todos los rincones de su cuerpo.

Quería recordarlo todo, su olor, sus maravillosos pechos, sus suspiros de placer...

Jennifer lo abrazó con las piernas para sentirlo más dentro de ella todavía. No quería que aquello se acabara.

—Sí, Alex, sí —gritó llegando al orgasmo.

Alex gimió sin parar de moverse hasta que también alcanzó el clímax, dándose cuenta de que aquello era tan maravilloso que no quería que se terminara.

La besó con desesperación y la abrazó con fuerza por última vez.

Capítulo Ocho

Mientras esperaba en un semáforo en rojo, Jennifer hojeó el correo que había recogido del buzón.

Un discreto sobre blanco llamó su atención. Al ver que era de la clínica de fertilidad, el corazón le dio un vuelco.

La abrió y la leyó.

Era para que llamara y concertara una cita cuando le viniera bien.

Jennifer arrugó el papel y lo tiró al suelo del coche pues ya no tenía ninguna intención de recurrir a la inseminación artificial.

«Porque puede que ya está embarazada».

Al llegar a la oficina, aparcó el coche y se dirigió a su despacho. Una vez allí, dejó caer la cabeza entre las manos y se dijo que, si había concebido un hijo, había sido engañando a Alex.

Podía haberle dicho que debían tomar precauciones, pero no lo había hecho y ya era muy tarde para contarle la verdad.

«Si lo quisiera de verdad, debería habérselo

dicho aunque hubiera sido después». Sí, pero lo deseaba hacía tanto tiempo que no había querido arriesgarse a que la odiara.

Además, tal vez, no estuviera embarazada.

¿Querría decir eso que podía surgir entre ellos algo? Tal vez.

Era obvio que él se sentía atraído por ella. Tal vez, sólo fuera deseo, pero sentía algo por ella, lo suficiente como para quizá empezar una relación durante la cual sus sentimientos cambiaran.

¿Cómo se le podía pasar algo así por la cabeza?

Alex salía con un montón de mujeres y, además, le había dicho que no creía ni en el matrimonio ni en el compromiso.

Claro que no podía decidir nada hasta que no supiera si estaba embarazada de él o no.

Habían vuelto de Vermont hacía unos días y todavía no se había hecho una prueba de embarazo porque sabía que tenía que esperar, por lo menos, un par de semanas.

Desde que habían vuelto, había hecho todo lo que había podido para evitar estar a solas con él, lo que quería decir que se había pasado casi todo el tiempo encerrada en su despacho.

Cuando tenía que salir, lo hacía a toda velocidad porque verlo le producía un tremendo dolor en el pecho.

Alex se comportaba como si apenas existiera, exactamente igual que antes del viaje.

¿Y todavía creía que podía sentir algo por ella?

Aunque no estuviera embarazada, no iba a acudir a la clínica de inseminación artificial porque la idea de concebir un hijo de manera fría se le hacía insoportable.

En las relaciones que había atendido antes, jamás había conocido la pasión que había experimentado con él.

¿Qué iba a hacer?

—¿Estás ocupada?

Al oír su voz, Jennifer levantó la cabeza.

—Acabo de volver de hablar con las hermanas Baker —le dijo intentando no fijarse en lo guapo que estaba—. Aquí tengo el precontrato que les he ofrecido, por si quieres mirarlo —añadió poniéndose en pie sin mirarlo a los ojos.

—No has parado estos últimos días —comentó Alex hojeando el contrato.

Jennifer llevaba puesta una chaqueta roja que Alex le había visto en otras ocasiones, pero era la primera vez que se moría por quitársela y volver a acariciar sus pechos.

—Es que tengo muchas cosas que hacer —contestó Jennifer—. Mi secretaria tuvo que cambiarme las reuniones que tenía para el viernes en el que nos fuimos a...

—¿Esquiar?

—Er, sí.

—¿Estás libre para cenar esta noche?

–¿Cómo?

–Me gustaría que habláramos de la propuesta Vinson.

–Er, resulta que tengo planes para esta noche –mintió Jennifer.

¿Planes?

Alex tuvo que hacer un gran esfuerzo para no preguntarle con quién había quedado.

–Cámbialos –le ordenó.

–¿Qué? dijo Jennifer mirándolo con incredulidad.

–Fuiste tú la que dijo que tu trabajo es muy importante para ti, ¿no? Pues cambia esos planes.

–No puedo. ¿Qué tal si nos vemos mañana por la mañana? –sugirió.

–No, tengo una reunión con los de marketing –contestó Alex.

–¿Y por la tarde?

–Tampoco. Mañana tengo un día de locos –le dijo sentándose frente a ella–. ¿Va a ser así a partir de ahora, Jen? –le preguntó convencido de que estaba intentando evitarlo.

–No sé a qué te refieres.

–Claro que lo sabes. Me estás evitando.

–No te estoy evitando, es que estoy ocupada.

«No te lo crees ni tú».

–He dicho que quiero que hablemos de la propuesta de Vinson, así que estate lista a las seis –le dijo poniéndose en pie y saliendo de su despacho.

Para cuando llegó al suyo, estaba furioso.

¿A quién estaba intentando engañar Jennifer? Ni siquiera lo miraba cuando hablaban. ¿Y con quién demonios iba a salir? No saberlo lo estaba matando. ¿Cómo era capaz de salir con otro hombre al poco de haber estado haciendo el amor con él?

Alex se paseó por su despacho y se culpó de todo aquel lío. Jennifer le había dicho que la preocupaba que su relación laboral se resintiera después de lo que había ocurrido entre ellos, pero él le había asegurado que no iba a ser así.

Ahora se daba cuenta de que había estropeado todo. Para empezar, porque era la primera vez en su vida que le ordenaba a una mujer que hiciera algo.

No podía dejar de pensar en ella y, cada vez que la veía, se moría por tocarla. De hecho, no paraban de imaginarse cómo sería hacerle el amor en el despacho, encima de la mesa, ¡incluso en el ascensor!

Ella, sin embargo, parecía estar llevando aquella situación con total normalidad porque hacía su trabajo tan bien como siempre.

Cualquiera diría que había olvidado el fin de semana.

Lo único que demostraba que no era así era que había estado demasiado ocupada aquella semana y que había hecho todo lo posible para no acercarse a él.

Aquello decidió a Alex a cenar con ella para averiguar qué estaba ocurriendo. Quería hablar con ella para descubrir si se estaba volviendo loca, como él.

Durante las siguientes horas estuvo ocupado, pero a las cinco y media le dijo a su secretaria que no le pasara más llamadas, se duchó y se puso colonia como si aquélla fuera su primera cita.

Al oír que se abría la puerta de su despacho, salió creyendo que sería Karen y se quedó de piedra al ver que era Jennifer.

—Quiero hablar contigo.

—Muy bien —contestó Alex dándose cuenta de que Jennifer parecía enfadada.

Jennifer cerró la puerta y tomó aire.

—No voy a ir a cenar contigo —anunció.

Jamás había dejado que un hombre la dominara y no iba a empezar a aquellas alturas. Si era cierto que Alex quería que hablaran de negocios, podían hacerlo en la oficina donde, por lo menos, tenía una posibilidad de mantener las distancias.

—Creía haber hablado con la suficiente claridad —insistió Alex apretando los dientes.

—No te consiento que me des órdenes —le advirtió Jennifer—. Si quieres que hablemos de negocios, hablaremos aquí. Ahora mismo.

—Entiendo —accedió Alex dándose cuenta de que Jennifer tenía razón—. ¿Y tus planes?

—Los he cancelado —contestó Jennifer dándose cuenta de que Alex la miraba con satisfacción–. No ha sido para darte gusto, así que borra esa expresión de idiota de tu cara.

–¿Ah, no? –preguntó Alex sorprendido.

–Los he cancelado porque creía que tenías algo importante que hablar conmigo –contestó Jennifer.

Los planes que tenía para aquella noche eran ir a ver a sus padres, pero eso no se lo iba decir.

–¿Y no podríamos hablar de ellos cenando?

Lo cierto era que Alex quería cenar con ella para preguntarle qué demonios le estaba pasando, porque ni siquiera lo miraba la cara.

–No se trata de eso y lo sabes. Acostarte conmigo no te da derecho a ordenar mi vida personal –le espetó Jennifer.

Alex se quedó mirándola sorprendido pues jamás la hubiera creído capaz de decirle aquello, pero Jennifer siempre había sido una buena negociadora.

Era obvio que no iba a ganar puntos hablando de su conducta porque se había comportado como un cretino.

–Lo siento, tienes razón –se disculpó tomándola de la mano.

–¿Cómo?

Jennifer sintió que el corazón se le aceleraba.

–No he debido decirte que tenías que cenar conmigo.

–¿Y por qué lo has hecho? –le preguntó mirándolo a los ojos.

Alex sonrió con tristeza y le acarició el pelo.

–Porque no puedo dejar de pensar en hacerte el amor.

Jennifer sintió que el corazón le daba un vuelco. Lo último que había imaginado era oír aquello de sus labios.

–Alex...

Alex dio un paso al frente y le pasó la mano por el cuello.

–¿Me vas a decir que tú has podido olvidar lo que ocurrido entre nosotros?

–Lo que hubo entre nosotros fue...

–¿Excitante?

–Sí –admitió Jennifer poniéndole las manos en el pecho.

–¿Intenso?

–Sí –contestó Jennifer apretándose contra él.

–¿Salvaje? –insistió Alex a pocos milímetros de su boca.

–Oh, sí –murmuró Jennifer mirándole los labios.

–Jen –dijo Alex besándola.

Jennifer le pasó los brazos por el cuello y ni siquiera protestó cuando Alex la sentó en su mesa y se colocó entre sus piernas.

Jennifer le desabrochó la corbata y la camisa mientras él le abría la blusa. Al sentir sus manos sobre la piel, gimió de placer.

—Oh, sí —suspiró al sentir sus dedos en un pecho—. Alex... —exclamó al sentir la otra mano en la entrepierna.

Alex siguió besándola y empujándola ligeramente para que se tumbara sobre la mesa. Jennifer así lo hizo.

Alex apretó su cuerpo contra el de Jennifer y le acarició el pelo sin dejar de besarla. Desesperado, le bajó el sujetador e, incapaz de esperar más tiempo, comenzó a succionarle los pezones.

Alex comenzó a acariciarle los muslos y, cuando llegó a las braguitas, Jennifer creyó que iba a enloquecer.

De repente, algo se cayó al suelo y Jennifer abrió los ojos.

—La lámpara —le dijo Alex con la respiración entrecortada—. Olvídate de ella.

Sin embargo, Jennifer lo apartó.

¿Qué estaba haciendo?

—Por favor, Alex —insistió mortificada por haber cedido tan fácilmente a sus besos.

Alex se apartó.

—No me hagas esto —le dijo ayudándola a ponerse en pie.

—Lo siento —contestó ella poniéndose bien el sujetador y abrochándose la blusa—. Esto no tendría que haber sucedido.

—Jennifer, cariño, por favor, mírame.

Pero Jennifer cerró los ojos.

—No puedo —contestó—. Oh, Alex. Por favor... —añadió tapándose la cara.

Alex se acercó a ella e intentó apartarle las manos de la cara, pero Jennifer no se lo permitió.

—Me tengo que ir y no quiero que me lo impidas —le rogó.

—Por favor, tenemos que hablar —contestó Alex sin saber qué decir—. Por favor. No ha sido mi intención...

—Lo sé —dijo Jennifer mirándolo con lágrimas en los ojos—. Lo sé —repitió.

Por mucho que lo deseara, no podía dejarse llevar.

Y lo deseaba más que nunca, pero aquello no funcionaría porque Alex quería una aventura sexual.

Sexo sin ataduras.

Nada de matrimonio.

Y ella quería mucho más, mucho más de lo que él podía darle.

Ella quería su corazón.

Capítulo Nueve

Jennifer llegó a la oficina con el cuerpo dolorido como si la hubiera atropellado un coche.

Al oír la voz de Alex al final del pasillo, sintió una gran opresión en el pecho.

¿Qué iba a hacer cuando lo viera?

No le dio mucho tiempo a pensarlo porque, como si la hubiera olido, se presentó en su despacho cuando se estaba quitando el abrigo.

Jennifer lo miró y se sentó.

–Quiero hablar contigo, Jen –le dijo acercándose–. Quiero pedirte perdón por lo de anoche.

¿Qué podía decir para justificar un comportamiento injustificable?

–Fue culpa mía...

Alex se sentó en una silla y se quedó mirándola a los ojos.

–No digas eso –dijo Alex sintiéndose culpable.

–Alex... –dijo Jennifer con lágrimas en los ojos.

–Todo fue culpa mía –se recriminó Alex–. En Vermont, te dije que no te iba a tocar cuando volviéramos. Es obvio que a ti no te está costando lo más mínimo cumplir con tu parte del trato, pero a mí se me está haciendo muy difícil mantener nuestra relación únicamente en el plano laboral –admitió–. Pero te prometo que no voy a volver a tocarte –añadió con decisión.

Jennifer asintió intentando dilucidar qué decir. Así que Alex se creía que ella no lo deseaba. Cuán equivocado estaba.

En ese momento, sonó el interfono.

–Paige, no me pases ninguna llamada –le dijo a su secretaria.

–Jennifer, creo que será mejor que contestes porque es tu hermana y parece urgente.

Alarmarla, Jennifer contestó a la llamada.

–¿Lil? –dijo escuchando y preocupándose seriamente cuando su hermana le contó que su padre estaba enfermo–. ¡Oh, Dios mío! ¿Dónde está?

Tras escuchar las explicaciones de su hermana, colgó el teléfono, se puso en pie, sacó el bolso del cajón en el que lo acababa de guardar minutos atrás y se puso en pie con piernas temblorosas.

–¿Qué ocurre? –preguntó Alex preocupado.

–Mi padre –contestó Jennifer con lágrimas en los ojos–. Creen que ha tenido un ataque al corazón –le explicó–. Me tengo que ir.

–Te llevo yo –se ofreció Alex poniéndose en pie.

-No...

-No quiero que conduzcas tal y como estás -insistió Alex agarrándola del brazo-. Por favor.

-Muy bien -accedió Jennifer.

-¿Dónde está ingresado? -le preguntó una vez en el coche.

-En el hospital de Colley Avenue -contestó Jennifer entre sollozos.

Bien, aquel hospital sólo estaba a unos kilómetros de la oficina.

-Llegaremos en unos minutos.

Jennifer no contestó y Alex deseó poder decirle algo que la hiciera sentirse mejor, pero no encontró palabras, así que la tomó de la mano.

-Intenta no preocuparte.

-No lo puedo evitar. Mi padre está tan lleno de vida... Jamás pensé que... le fuera a pasar algo.

Era realmente difícil pensar en que su padre pudiera morir.

Verla sufrir estaba matando a Alex por dentro.

-¿Te ha explicado tu hermana lo que ha ocurrido?

-Por lo visto, estaba ayudando a unos vecinos con unos muebles y, de repente, se ha llevado la mano al pecho y ha caído al suelo. Han llamado a una ambulancia, que no ha tardado mucho en llegar, y mi madre se ha ido con él al hospital.

–¿Y tu hermana está ya allí?

–No lo sé. Lil vive en Ghent. Puede que ya haya llegado, no lo sé.

–No te preocupes –insistió Alex parando ante la entrada del hospital.

–Gracias por traerme, Alex. Ya me llevará alguien de vuelta a la oficina –se despidió Jennifer.

–Voy contigo.

Se dijo que era lo mínimo que podía hacer por ella, pero la verdad era que no quería dejarla en el estado en el que estaba.

Era obvio que lo estaba pasando muy mal y quería estar a su lado, lo que lo sorprendió sobremanera.

Jennifer asintió, inmensamente aliviada porque no quería entrar en el hospital sola. Al salir del coche, sus piernas se negaron a cooperar y Alex tuvo que agarrarla del brazo para entrar.

–¡Mamá! –exclamó Jennifer corriendo hacia una mujer muy parecida a ella–. ¿Se sabe algo de papá?

–¡Oh, hija, cuánto me alegro de verte! –contestó su madre abrazándola–. He estado con él hasta hace unos minutos, pero lo han metido para hacerle pruebas. Tony ha llegado hace un rato y está hablando con sus médicos.

Aquello tranquilizó a Jennifer, que, con lágrimas en los ojos, presentó a Alex a su madre.

–Gracias por estar con mi hija en estos momentos, te lo agradezco de verdad –le dijo Janet.

En ese momento, llegaron Lil y Robert.

Mientras la familia hablaba, Alex se maravilló de cómo estaban llevando aquella crisis todos juntos y se dio cuenta de que, si fuera él quien hubiera sufrido el ataque al corazón, no habría nadie esperándolo fuera.

Miró a Jennifer, que estaba muy afectada, y le pasó el brazo por los hombros. Al oírla llorar contra su pecho, Alex se sintió inútil y sólo pudo abrazarla para consolarla.

–Perdón –dijo Jennifer mirándolo a los ojos.

–No pasa nada. Es mejor que te desahogues –contestó Alex muriéndose por besarla.

Janet les indicó que fueran hacia unas sillas que había al final del pasillo para no entorpecer la entrada.

–¿Estás bien? –le preguntó Jennifer a Alex una vez allí.

–¿Yo? ¿Por qué no iba a estarlo?

Jennifer puso los ojos en blanco.

–Porque no se encuentra uno todos los días en una situación como ésta.

–Tienes una familia encantadora –comentó Alex–. Tienes mucha suerte –añadió sinceramente–. ¿Y tú qué tal estás? –le dijo acariciándole la mano.

–Me gustaría que Tony saliera ya y nos dijera algo –contestó Jennifer.

—Ya verás como todo saldrá bien —la animó Alex pasándole el brazo por los hombros.

—Eso espero —contestó Jennifer agradecida.

—¿Quieres beber algo?

—La verdad es que un refresco me vendría bien, gracias.

—Ahora mismo vuelvo.

En cuanto Alex se hubo levantado, su hermana se sentó a su lado.

—Madre mía, Jen, tu jefe es guapísimo.

—Lil, por favor, no empieces. Solamente se está portando bien.

—Ya, claro. Lo más normal del mundo es que el jefe deje la empresa patas arriba y lleve a su empleada al hospital, ¿verdad?

—No quería que condujera en mi estado.

—Ah, por eso te agarra de los hombros, ¿no?

Jennifer sonrió.

—Para.

—Está loco por ti, hermanita.

—Te equivocas.

—¿Y tú no sientes nada por él? —insistió su hermana.

—Llevo trabajando con él cinco años —contestó Jennifer de manera ambigua.

—No has contestado a mi pregunta —dijo Lil chasqueando la lengua—. Venga, admítelo, estás loca por él.

—¡No!

Jennifer se dio cuenta de que su hermana se

estaba percatando de todo; nunca había podido engañarla.

–No tengo nada que hacer con él –le dijo por fin–. Es un soltero empedernido.

–Como todos los hombres. Robert no quería casarse ni tener hijos porque es adoptado y jamás ha superado que su madre lo abandonara nada más nacer –le explicó su hermana mirando a su marido–. Pero yo lo quería tanto que lo esperé hasta que se dio cuenta de que no podía vivir sin mí.

–Robert es un encanto. Tienes mucha suerte. Lo tienes todo. Un marido maravilloso, unos hijos geniales y una casa preciosa.

–Algún día, tú también lo tendrás.

–No creo.

«Desde luego, no con Alex».

–Toma.

Al alzar la vista, vio que Alex había llegado con varios refrescos y tazas de café.

–¿Te vas a tomar todo eso?

–Claro que no –sonrió Alex–. Es por si los demás quieren algo.

–Muchas gracias, Alex.

–Ahí llega Tony –anunció Robert un rato después.

Todos se pusieron en pie.

–Papá está bien –anunció el hermano médico para tranquilizar a la familia–. No ha tenido un infarto.

–Entonces, ¿qué ha sido? –preguntó Jennifer tomando a su madre de la mano.

–Una angina de pecho.

–¿Seguro? –preguntó Janet.

–Sí –le aseguró su hijo–. Papá va a tener que cambiar de dieta y empezar a hacer ejercicio –le explicó a su madre agarrándola de los hombros–. Se va a poner bien, no te preocupes. Ahora, vas a tener que mimarlo incluso más que antes –sonrió para animarla.

Janet, con lágrimas en los ojos, consiguió sonreír también.

–Menos mal –le dijo Jennifer a Alex con visible alivio–. Tony, te presento a Alex Dunnigan, mi jefe.

Alex se dio cuenta, mientras le estrechaba la mano al hermano de Jennifer, de que Tony los miraba preguntándose si entre ellos había algo.

Alex tragó saliva porque lo único que había entre ellos era deseo y Jennifer le había impedido que le hiciera el amor la noche anterior en su despacho.

Tony llevó a su madre a ver a su padre y, de dos en dos, todos fueron pasando para ver al patriarca.

Alex se quedó esperando a Jennifer en la sala de espera.

–Ya nos podemos ir –anunció al salir de ver a su padre.

–¿Tu padre se queda ingresado?

–Sí, lo van a dejar esta noche en observación y mañana le van a hacer más pruebas.

–¿Y tu madre?

–No se quiere ir –contestó Jennifer en absoluto sorprendida.

Tras despedirse de los demás, Jennifer y Alex se dirigieron a su coche. Jennifer le estaba realmente agradecida por haberse quedado con ella.

–Muchas gracias, Alex.

–De nada. Tienes una familia maravillosa –le dijo Alex sinceramente.

Ahora, comprendía por qué Jennifer era tan amable y por qué quería casarse y tener hijos.

–Pareces agotada –le comentó mientras la llevaba a por su coche.

–Lo estoy –admitió Jennifer estirando el cuello.

Alex alargó el brazo y le masajeó el hombro. Jennifer suspiró y echó la cabeza hacia atrás.

–Qué gusto.

–Estás muy tensa.

Alex se dio cuenta de que no debería tocarla.

–Gracias de nuevo, Alex. No sé qué habría hecho sin ti.

Alex se encogió de hombros y la miró.

–Me he dado cuenta de que estáis realmente unidos.

–Mi familia puede ser un poco pesada a veces, pero, cuando hay una crisis, estamos muy unidos –sonrió Jennifer–. Los quiero mucho.

–Jamás había visto nada así –confesó Alex.

–¿De verdad? ¿Y cuando te rompiste las costillas hace unos años? –le preguntó Jennifer recordando la caída que había sufrido haciendo escalada.

Alex enarcó una ceja.

–¿No estuvo tu padre a tu lado?

–No –rió Alex con amargura–. Creo que sus palabras exactas fueron. «Ya te dije que dejarás de hacer esas tonterías».

–¿Me estás diciendo que no te ayudó nadie? –preguntó Jennifer enfadada.

Le parecía inconcebible que unos padres no ayudaran a su hijo en semejantes circunstancias.

No era de extrañar que Alex no quisiera formar una familia.

No sabía lo que era.

–Me las apañé bien –contestó Alex mirando la carretera.

A Jennifer se le ocurrió que, tal vez, lo hubiera cuidado alguna mujer y aquello la puso increíblemente celosa.

–Ah.

–¿Qué quiere decir eso?

–No, que a lo mejor he dado por hecho que estabas solo y no fue así.

–Sí, sí estaba solo. Nunca he vivido con una mujer.

Jennifer absorbió aquella información, que le encantó. Aun así, con lo enamorada que estaba de él, le dolía pensar que hubiera tenido que pasar por aquello completamente solo.

—Deberías haber pedido ayuda.

—No fue para tanto.

—Si yo lo hubiera sabido...

A Alex también le hubiera gustado que lo supiera, la verdad.

—¿Me habrías cuidado? –sonrió.

—Por lo menos, me habría pasado por tu casa de vez en cuando para asegurarme de que estuvieras bien.

—Estoy acostumbrado a vivir solo. La verdad es que no concibo otra manera de vivir.

Su contestación entristeció a Jennifer. En realidad, ya sabía que no quería casarse ni tener hijos, pero ahora se lo acababa de dejar muy claro de una vez por todas.

Por mucho que ella lo quisiera, no iba a cambiar.

Hasta entonces, había albergado esperanzas de que algún día Alex la quisiera, pero había llegado el momento de aceptar que no era así.

Y ella tenía que seguir con su vida.

Sin él.

Jennifer decidió esperar unos días más para hacerse la prueba de embarazo. Hacía tres semanas que habían hecho el amor por primera vez.

Estuviera embarazada o no, debía empezar a plantearse que iba a tener que dejar el trabajo.

No podía seguir trabajando con Alex porque cada día lo amaba más.

Alex esperó a ver salir a Jennifer del aparcamiento y, preocupado, la siguió hasta su casa para quedarse tranquilo.

Cuando la vio entrar, se fue a su casa de Chesapeake Bay.

La familia de Jennifer lo había impresionado gratamente. Era tan diferente de la suya que no podía dejar de pensar en ellos y en la naturalidad con la que habían aceptado que estuviera con Jennifer.

Alex se preguntó si él serviría para tener una familia como la suya. Aquello le hizo fruncir el ceño.

¿A quién pretendía engañar? Él no se había criado en un ambiente de amor, así que ¿cómo se le ocurría pensar que podría crear uno?

No era el hombre que Jennifer necesitaba. Ella no quería una aventura sino un hogar y una familia y él sólo era capaz de tener relaciones de unas cuantas semanas.

Si se embarcara en una relación con ella, lo único que iba conseguir era hacerle daño, y eso era lo último que quería en el mundo.

Capítulo Diez

Jennifer se despertó a la mañana siguiente con el estómago revuelto, como le solía ocurrir cuando le tocaba tener el período.

Sin embargo, jamás tenía náuseas y, teniendo en cuenta, que había tenido una falta...

«Oh, Dios mío».

¿Estaría embarazada?

Se quedó tumbada en la cama, pero las náuseas aumentaron y tuvo que correr al baño para vomitar.

Entonces, se acordó de la prueba de embarazo que había comprado y se dijo que no podía esperar más tiempo.

Minutos después, sus sospechas quedaron confirmadas.

Estaba embarazada.

De Alex.

La alegría que debería sentir quedó empañada al darse cuenta de que jamás podría compartirla con él.

Aunque consiguiera que quisiera ser el padre de su hijo, sabía que, en cuanto le contara la verdad, que había accedido a ir con él a esquiar para ver si se quedaba embarazada, Alex jamás creería que había intentado confesarle la verdad antes de hacer el amor por primera vez.

Tomando fuerzas, se dirigió a la cocina y se preparó un té y unas tostadas, pero, mientras lo hacía, las náuseas volvieron con fuerza, obligándola a volver a visitar el baño.

Así que decidió volver a la cama y reposar un poco.

Por llegar media hora tarde al trabajo no iba a pasar nada.

Al cabo de un rato, se había tomado el té y pensaba que el estómago se le había asentado, así que cometió el error de ponerse en pie.

Otra vez al baño.

Cuando salió, gateó hasta la cama y, una vez en ella, llamó a su secretaria para decirle que no iba a ir a trabajar.

Alex entró en el despacho de Jennifer y se quedó de piedra al ver a Paige Richards ordenándolo.

–¿Dónde está Jennifer? –preguntó preocupado pensando en su padre.

–Ha llamado para decir que está enferma –contestó su secretaria.

–¿Seguro que es ella la que está enferma y no un miembro de su familia?

–No, seguro que es ella –insistió su secretaria.

—Muy bien —dijo Alex saliendo de su despacho.

Una vez en el pasillo, se preguntó si no debería ir a verla para ver qué tal estaba, pero se dijo que no era una buena idea.

Al fin y al cabo, Jennifer tenía una extensa familia y seguro que alguien iría a cuidarla.

¿Seguro? ¿Estando su padre en el hospital?

Sí, seguro que alguien encontraba un hueco para ir a su casa.

Diciéndose que se estaba preocupando por nada, decidió no ir a verla. Además, probablemente, era la última persona a la que Jennifer querría ver.

En cualquier caso, todo el mundo tenía derecho a ponerse enfermo de vez en cuando y no tenía por qué ser nada grave.

Aunque había decidido no pasar por casa de Jennifer, Alex no había podido dejar de pensar en ella.

Varias veces durante el día había estado a punto de llamarla por teléfono y aquella noche, al salir del trabajo, pensó en pasar por su casa para llevarle el bolso que se había dejado el día anterior con las prisas en la oficina, pero no lo hizo porque se dijo que iba a quedar como un idiota.

Al día siguiente, fue a su despacho y lo encontró vacío de nuevo. Volvió a preguntarle a su secretaria y Paige le dijo que Jennifer había vuelto a llamar para informar de que seguía sin encontrarse bien.

Muy bien, ahora sí que podía ir a su casa; nadie faltaba dos días seguidos al trabajo sin estar realmente mal.

Solamente quería asegurarse de que no necesitaba nada, no la iba a tocar, no la iba a besar.

Porque se lo había prometido.

Al llegar a su casa, vio que no había ningún coche en la entrada y se recriminó a sí mismo no haber ido antes.

En mitad de la nebulosa, Jennifer oyó el timbre y abrió los ojos.

¿Cómo iba a llegar a la puerta?

Las náuseas del día anterior no eran nada comparadas con las de esa mañana.

Volvieron a llamar mientras bajaba las escaleras y Jennifer se preguntó quién sería. Sabía que no era su madre porque había hablado con ella por teléfono y habían quedado en verse el fin de semana.

Al mirar por la mirilla, sintió que el corazón le daba un vuelco.

¡Alex!

¿Qué hacía allí?

Jennifer se ató bien la bata y volvió mirar. Sí, era él, sin duda. Tan guapo como de costumbre y bastante incómodo. No debía de estar muy acostumbrado a ir a ver a enfermos.

–Hola –le dijo abriendo un poco la puerta y viendo que le había llevado el bolso–. No tenías por qué molestarte. Lo habría recogido yo mañana.

Lo cierto era que lo necesitaba para comprar algo de comida porque no tenía dinero en casa.

–Paige me ha dicho que estabas enferma y me he pasado para ver si necesitabas algo –contestó Alex pensando que Jennifer tenía muy mala cara–. ¿Qué tal te encuentras?

–Mejor –mintió Jennifer deseando que le entregara el bolso y se fuera.

Alex se fijó en que estaba muy pálida y se dijo que, si ese día se encontraba mejor, no quería ni pensar en cómo debía de haber estado el día anterior.

–¿Puedo pasar?

–No creo que sea una buena idea –contestó Jennifer intentando improvisar una excusa–. Creo que tengo gripe.

Tenía que conseguir que se fuera cuanto antes.

De repente, sintió otra vez las terribles náuseas y tuvo que dejar a Alex en la puerta mientras corría al baño.

Alex la vio desaparecer, entró y cerró la puerta. Mientras la oía vomitar, dejó el bolso sobre una silla y fue a ayudarla.

–Toma –le dijo pasándole una toalla–. Tienes que ir al médico.

Jennifer cerró los ojos.

–No, estoy bien –le aseguró.

Lo cierto era que le vendría bien ir a ver al médico para que le diera algo para no tener náuseas por las mañanas.

Mientras bebía agua, se dio cuenta del terrible aspecto que tenía con el pelo revuelto y sin maquillaje.

–Al menos, métete en la cama.

–Muy bien –accedió Jennifer.

Alex la siguió a su habitación y la ayudó a meterse en la cama.

–¿Quieres que te traiga algo? –le dijo acariciándole la frente.

–¿Qué haces?

–Mirar a ver si tienes fiebre.

–No tengo.

–Pero estás muy débil.

–Es de tanto vomitar.

–Te pones de muy mal humor cuando estás enferma, ¿eh? –bromeó Alex.

–¿Te parece divertido que no me encuentre bien? –le espetó Jennifer deseando que se fuera.

–Lo encuentro adorable. ¿No tienes nada que tomarte para las náuseas?

–No me quiero tomar nada –contestó Jennifer pensando en el bebé–. Sólo quiero unas galletas saladas.

–Ahora mismo voy a comprártelas.

-No, ya voy yo luego.
-¿Dónde están tus llaves de casa? -insistió Alex ignorando sus protestas-. No quiero que tengas que volver a levantarte para abrirme la puerta.
-No hace falta que me hagas la compra.
-¿Dónde están las llaves?
Jennifer cedió por fin, bostezó, le dijo a Alex dónde estaban las llaves y se dejó llevar por el sueño para no tener que enfrentarse a la vergüenza de que la tuviera que cuidar.

Cuando volvió a abrir los ojos, era media tarde y Alex estaba sentado a su lado.
-Alex -le dijo sorprendida.
De repente, recordó todo lo que había sucedido.
El hombre del que estaba enamorada y embarazada la había visto vomitar.
Estupendo.
-Ya te has despertado, ¿eh? -le dijo poniéndole un paño húmedo en la frente-. ¿Cómo te encuentras?
-Mejor -contestó Jennifer sin moverse para que no volviera las náuseas-. ¿Qué hora es?
-Las tres y media.
-¿Llevas aquí todo el día?
-No quería dejarte sola.
Lo cierto era que, mientras la observaba dormir, Alex se había dado cuenta de que

aquella mujer significaba mucho para él y no había podido dejarla sola.

De hecho, quería pasar la noche con ella, pero no sabía si sería capaz de no tocarla. Aunque estuviera enferma, la deseaba.

Aquello lo asustaba, pero no lo suficiente como para abandonarla.

–Te puedes ir, ya estoy bien –dijo Jennifer.

–Ya veremos –contestó Alex poniéndole la mano en la frente–. No tienes fiebre.

Al sentir su caricia, a Jennifer se le aceleró el pulso, lo miró a los ojos y vio el deseo en ellos.

Si se quedaba mucho más tiempo, no iba a ser capaz de controlar su atracción por él.

Sin embargo, la tarde dio paso a la noche y Alex seguía allí, preparándole té con galletas saladas.

A las cinco, Jennifer decidió que se sentía mejor y que se iba a duchar. Un cuarto de hora después salió del baño con el pelo y los dientes lavados, sintiéndose humana de nuevo.

Cuando hizo amago de dirigirse a la cocina, Alex se lo impidió.

–Te quiero en la cama ahora mismo –le dijo.

Al instante, se la imaginó desnuda con él, pero se dijo que había ido a cuidarla y no a aprovecharse de su enfermedad.

Jennifer se sonrojó de pies a cabeza porque las palabras de Alex habían evocado en su mente todo tipo de imágenes.

–Gracias por cuidarme, pero ya me encuentra mejor –le dijo yendo hacia la cama.

Si no se iba, iba a cometer una locura, como, por ejemplo, hacerle el amor.

Desde luego, estaba mucho mejor si ya pensaba en acostarse con él.

–Me voy a quedar un rato más –insistió Alex–. Mañana es sábado. Deberías descansar todo el fin de semana –le aconsejó arropándola–. ¿Quieres un poco de sopa?

–No –contestó Jennifer.

«Por favor, vete a casa».

Pero Alex no se fue.

En lugar de irse, le subió un cuenco de sopa y tostadas.

–Cocinas muy bien –comentó Jennifer al probarla.

Por fin, aceptó que Alex no se iba a ir hasta que no la viera completamente recuperada. Las náuseas habían desaparecido, pero volverían a la mañana siguiente y todas las mañanas.

–Yo lo único que sé hacer es abrir latas y calentarlas –sonrió Jennifer.

–¿Qué tal está tu padre?

–Mi madre me ha dicho que mejor.

–Me alegro –dijo Alex llevando la bandeja a la cocina.

Estaba perdiendo la batalla pues cada vez le resultaba más difícil no tocarla y se dijo que debería irse inmediatamente.

Pero lo cierto era que quería besarla, meterse en la cama con ella y hacerle el amor. Debería irse, pero volvió a su habitación y se sentó en el borde de la cama.

—¿Estás mejor?

—Sí —contestó Jennifer con el corazón latiéndole aceleradamente—. Alex —añadió cuando le acarició la mejilla.

Alex se inclinó sobre ella y la besó en la boca.

—Sé que te prometí no volver a tocarte, pero estoy muy preocupado por ti.

Jennifer tomó aire y le miró los labios, tan tentadores. Sintió la duda de Alex y se dio cuenta de que lo único que tendría que hacer sería decirle que no para que se fuera.

Pero no podía hacerlo.

Necesitaba sentirlo por última vez dentro de su cuerpo, así que lo besó con ternura y él le devolvió el beso con tanta dulzura que Jennifer creyó que se iba a desintegrar en sus brazos.

A continuación, sintió el peso de su cuerpo en el colchón y, sin saber muy bien cómo, terminaron los dos desnudos.

Sintió las manos de Alex por todo el cuerpo y, al notar su erección entre las piernas, se dio cuenta de que perdía el control. Pero lo mejor todavía estaba por llegar, pues Alex le separó las piernas y le besó la entrepierna hasta hacerla gritar de placer.

—Por favor —le rogó Jennifer arqueando la espalda.

–Ya voy –murmuró Alex penetrándola lentamente.

Mientras la besaba, se dio cuenta de que aquella mujer le encantaba y que le gustaría estar con ella para siempre.

–Ahora, oh, Alex, ahora.

Alex volvió a besarla y sintió cómo el interior de Jennifer se apretaba en torno a su erección, así que comenzó a moverse más deprisa para conducirlos a ambos al orgasmo.

Cuando sonó el teléfono, Jennifer estaba en brazos de Alex tras haber hecho el amor y, para no pensar en lo que había hecho, miró la pantalla a ver quién era.

Su hermana.

–Hola –le dijo creyendo que llamaba para decirle algo de su padre.

–Te he llamado al despacho y me han dicho que llevas dos días enferma.

–Sí, creo que tengo gripe.

–¿Qué tal te encuentras?

–Bien –contestó Jennifer intentando sonar convincente porque lo cierto era que estaba exhausta.

–Me voy a pasar a verte.

–No –contestó Jennifer presa del pánico–. No quiero contagiarte porque luego se lo pasas tú a los niños.

–Tienes razón –recapacitó Lil–. Voy a llamar

al hospital para decirle a Tony que se pase a verte esta noche.

—¡No!

—No discutas.

—Pero me encuentro bien —insistió Jennifer mirando a Alex.

No quería que su hermano se pasara por su casa porque a él no iba a poder engañarlo. En cuanto la examinara, se iba a dar cuenta de que estaba embarazada.

—Hasta luego —se despidió Lil.

—Va a venir mi hermano, así que será mejor que te vayas —le dijo Jennifer a Alex.

—No me pienso ir.

—Te tienes que ir, Alex. No quiero que mi hermano crea que hay algo entre nosotros.

«Es que lo hay», pensó Alex molesto.

No sabía muy bien qué era, pero quería explorarlo.

—Jen...

—Por favor.

—Muy bien —accedió Alex dándose cuenta de que Jennifer no quería que su familia supiera que se acostaban.

Mientras se vestía, se dio cuenta de que no le hacía ninguna gracia que se avergonzara de él.

Claro que, ¿qué esperaba con la fama que tenía?

—Lo siento —se disculpó Jennifer al ver que Alex estaba molesto.

—No pasa nada —le aseguró encogiéndose de hombros—. No, no te levantes.

—Te quiero acompañar a la puerta.

—No, no quiero que te levantes —le dijo Alex con dulzura—. Quédate en la cama hasta que llegue tu hermano —añadió besándola—. Mañana me paso a verte.

Jennifer asintió dándose cuenta de que había cometido un grave error volviendo a hacer el amor con él.

Si Alex volvía al día siguiente, se iba a dar cuenta de que todas las mañanas vomitaba y no había que ser muy listo para llegar a la conclusión acertada.

Había sido un gran error acostarse con él, sí, pero lo amaba tanto que no se había podido resistir.

Quería estar con él para toda la vida, pero aquello era imposible.

Sólo había una manera de conseguir controlar lo que sentía por él.

Tenía que dejar el trabajo.

Capítulo Once

A la mañana siguiente, Jennifer estaba hecha un ovillo en la cama pues el estómago le daba vueltas.

Se había levantado hacía un rato para vomitar y, a continuación, se había llevado una taza de té caliente y una fuente de galletas saladas a su habitación.

Alargó el brazo para agarrar una con la mala suerte de que tiró la fuente entera al suelo. Se asomó al borde de la cama y vio que había una galleta cerca, así que alargó la mano y consiguió rescatarla.

En ese momento, sonó el teléfono.

Mientras le daba un mordisco a la galleta, miró la pantalla a ver quién era.

Alex.

No se sorprendió.

Pensó en dejarlo sonar sin contestar, pero pensó que, si lo hacía, era capaz de presentarse en su casa.

Si hablaba con él, por lo menos, tendría una posibilidad de que no lo hiciera.

–¿Sí? –contestó intentando sonar natural.

—¿Qué tal te encuentras? —le preguntó Alex.

Parecía realmente preocupado, pero Jennifer no quería hacerse ilusiones porque sabía que, en cuanto su atracción física por ella sucumbiera, todo terminaría.

En cualquier caso, aquel hombre y ella no querían lo mismo en la vida. Para empezar, Alex no quería tener hijos y Jennifer no podía concebir su existencia sin tenerlos.

—Mejor. Las galletas saladas me han ido muy bien. Gracias por comprármelas.

—Pareces cansada.

Aquello sorprendió a Jennifer pues lo estaba.

—Un poco —admitió—. Creo que podré pasarme por la oficina a trabajar mañana. Incluso, a lo mejor, me levanto esta tarde.

—Ni se te ocurra.

—Alex...

—Quiero que te cuides.

—Me estoy cuidando. Tony pasó por aquí anoche y me dio una cosa para las náuseas —le dijo omitiendo que su hermano se había dado cuenta enseguida de su condición.

No había tenido ni que preguntarle quién era el padre; había adivinado rápidamente que se trataba de Alex, así que Jennifer no había tenido más remedio que resumirle su relación, y a Tony lo único que se le había ocurrido había sido preguntarle si se iban a casar.

Cuando le había explicado que Alex y ella

no estaban enamorados y que ni se les había pasado por la cabeza casarse, Tony se había enfurecido sobremanera, pero le había prescrito algo para las náuseas y le había dicho que fuera a ver a su ginecólogo cuanto antes.

—¿Y te está yendo bien? —le preguntó Alex.

—Sí —contestó Jennifer presintiendo que Alex iba a querer pasar por su casa para asegurarse.

—Jen, ¿te pasa algo?

—No, en absoluto —mintió Jennifer.

De momento no había dicho que fuera a ir a verla, lo que resultaba perfecto porque Jennifer necesitaba estar a solas para decidir qué iba a hacer.

—Mira, me sabe muy mal tal y como estás, pero voy a tener que salir de la ciudad porque Joe Daughtrey me ha llamado para hablar de la propuesta de Vinson Corporation. Están dispuestos a darnos el contrato, pero Ted Vinson quiere hablar personalmente conmigo antes de firmar, así que me voy a Los Ángeles hoy mismo.

—No sabes cuánto me alegro —exclamó Jennifer—. Quiero decir, es genial que la empresa haya conseguido este contrato.

—Tengo que estar en el aeropuerto dentro de una hora y había pensado pasarme por tu casa de camino.

—No, perderías el avión.

—Pero quiero verte.

—Estoy mucho mejor, te lo aseguro. Ya vendrás a verme cuando vuelvas.

–No sé cuánto tiempo voy a estar fuera. Probablemente unos días.

–Muy bien.

–Bueno... pues... ya nos veremos –cedió Alex por fin.

–Adiós, Alex –se despidió Jennifer colgando el teléfono a toda prisa con unas tremendas ganas de llorar.

Alex llegó al aeropuerto justo a tiempo, lo que le hizo pensar que Jennifer tenía razón. Le hubiera apetecido verla, pero, si hubiera pasado por su casa, habría perdido el avión.

Sin embargo, había algo en su conversación que le había creado cierto desasosiego. Mientras aceptaba una bebida de la azafata, intentó dilucidar qué era.

Jennifer se había mostrado distante, como si algo la molestara.

¿Habría sido porque se habían acostado? Le había prometido que no la iba a tocar, pero lo cierto era que ella había participado de buena gana.

Ella lo deseaba a él tanto como él a ella.

Lo cierto era que todo aquello se había complicado mucho y que seguía deseándola, más que nunca.

¿Qué le ocurría con aquella mujer?

«Estoy enamorado de ella».

De repente, Alex se sintió como si le hubiera pasado una apisonadora por encima.

¿De verdad estaba enamorado?

Pero si ni siquiera sabía lo que era eso.

«No puedo dejar de pensar en ella y quiero estar a su lado todos los días haciéndole el amor el resto de mi vida».

Desde luego, si aquéllos eran síntomas de amor, estaba en un buen lío.

Mientras el avión despegaba, se dio cuenta de que lo que más le apetecía era mandar al garete el contrato y correr a su lado.

¿Y si era cierto que estaba enamorado de ella? ¿Qué significaría aquello?

«Que me quiero casar con ella».

No, imposible. Él no creía en el matrimonio. Y, aunque así fuera, ¿qué tenía para ofrecerle a Jennifer? Ella quería algo que durara toda la vida, hijos.

Alex sacudió la cabeza y recordó el matrimonio de sus padres, que le había enseñado que el amor no duraba tanto.

Sin embargo, recordó la noche en la que había ido al hospital con Jennifer cuando su padre se había puesto enfermo. Al conocer a su familia, se había dado cuenta de que había otras maneras de interactuar con la gente y se había quedado muy sorprendido de lo bien que se llevaban y de lo mucho que se apoyaban y querían.

¿Sería capaz de darle a Jennifer ese tipo de

amor y devoción? No estaba seguro. Lo único que tenía claro en aquellos momentos era que quería estar con ella y no atrapado en un avión rumbo a California.

–Paige, por favor, dile a William Stanton que venga un momento a mi despacho –dijo Jennifer por el interfono el lunes por la mañana.

En contra de lo que Alex le había aconsejado, se había pasado por la oficina el domingo por la tarde, cuando no había nadie, para preparar su partida.

Una vez hecho aquello, tenía que poner a alguien en su cargo y William Stanton era el segundo vicepresidente, así que estaba más que preparado para sustituirla.

Bill entró en su despacho con una gran sonrisa y Jennifer le indicó que se sentara dispuesta a ir directamente al grano.

–Me ha surgido algo personal y me voy de Com-Tec –le anunció.

–¿Te vas? –contestó Bill con la boca abierta.

–Sí, inmediatamente. Quiero ponerte al día de mi trabajo para que me sustituyas hasta que Alex vuelva de California.

Bill era un buen hombre y un profesional muy competente, así que Jennifer tenía la conciencia tranquila porque dejaba la empresa en buenas manos.

Tenía que salir de allí antes de que Alex volviera, tenía que cortar todos los lazos con él.

Inmediatamente.

Si no lo hacía, podía terminar haciendo alguna estupidez... como, por ejemplo, rogarle que la quisiera. Imposible porque no se lo merecía.

Si Alex se enterara de que estaba embarazada, se iba a sentir obligado a ayudarla.

Y ella no quería su ayuda.

Quería su amor.

–¿Estás segura, Jennifer? –le preguntó su compañero.

–Sí, mi decisión es irrevocable –le aseguró con una educada sonrisa para que no insistiera.

Durante las siguientes horas, y mientras ponía a Bill al tanto, Alex llamó varias veces, pero Jennifer le dijo a Paige que estaba muy ocupada y no quiso hablar con él.

Cuando Bill salió de su despacho, se dijo que, tal vez, no tendría que haberse mostrado tan cortante pues ahora, tal vez, su secretaria y su segundo se estarían preguntando por qué no quería hablar con el gran jefe.

Hablar con Alex era lo peor que podía hacer.

Para cuando llegó a casa, estaba exhausta, pero escuchó los mensajes que Alex le había dejado en el contestador.

Desde luego, no parecía muy contento.

Y peor se iba a poner cuando volviera a Virginia y se encontrara con que se había ido.

Al final de la jornada, cuando la oficina estaba completamente desierta, Jennifer imprimió su carta de dimisión, la firmó y la dejó sobre la mesa de Alex para que la viera nada más volver.

Diciéndose con lágrimas en los ojos que no le quedaba otro remedio porque pronto comenzaría a notarse que estaba embarazada y Alex se daría cuenta de que el niño era suyo, salió de la oficina por última vez.

Alex maldijo al coche que tenía ante sí y que no lo dejaba avanzar.

Desde que había vuelto el jueves por la mañana, no había dejado de pensar en que quería ver a Jennifer.

La había llamado varias veces, pero le había saltado siempre el contestador automático y Alex comenzaba a preguntarse si no estaría ocurriendo algo.

Había estado cuatro días en California y durante ese tiempo Jennifer no se había puesto ni una sola vez al teléfono cuando la había llamado a la oficina ni le había devuelto las llamadas que le había hecho a su casa.

Alex llegó a su empresa y fue directamente

abrió por fin la puerta y se quedó mirándolo de brazos cruzados.

–¿Se puede saber qué es esto? –le dijo mostrándole su carta de dimisión.

«Menos mal que no iba a balbucear como un idiota».

–Me parece que está muy claro –contestó Jennifer preguntándose si su hijo sería algún día tan guapo como su padre.

Alex se dio cuenta de que Jennifer no se lo iba a poner fácil.

–¿Puedo pasar?

Jennifer sabía que le debía una explicación, así que lo dejó entrar y cerró la puerta.

–Supongo que, en lo más hondo de mi corazón, sabía que no ibas a aceptar mi dimisión así como así.

–Por supuesto que no –contestó Alex nervioso.

Para intentar poner sus ideas en orden, avanzó hacia el salón y Jennifer lo siguió.

–Alex...

–No, déjame hablar, por favor.

–Muy bien –dijo Jennifer sentándose en una silla.

Alex la miró y se dio cuenta de que, por mucho que ella dijera, estaba pálida y débil, como si no hubiera dormido en una semana.

Y, aun así, estaba preciosa.

–¿Sigues enferma?

–Sí.

—¿Es grave? —preguntó Alex con un nudo en la garganta.

—No, nada mortal —sonrió Jennifer—. Ahora te lo explico, pero primero dime tú lo que me querías decir.

Aliviado, Alex la tomó de la mano y la miró a los ojos.

—Te quiero, Jen. Quiero que sepas que jamás le he dicho estas palabras a ninguna mujer. Hasta hace poco, ni siquiera tenía muy claro lo que era el amor, pero lo digo en serio. Te quiero.

—Oh, Alex —dijo Jennifer con lágrimas en los ojos.

Había esperado durante años oír aquellas palabras de su boca. ¿Por qué ahora? ¿Por qué ahora que su relación iba a quedar destruida cuando ella le dijera lo que le tenía que decir?

—Sé que estás enfadada conmigo por haberte hecho el amor cuando te había prometido que no te iba a tocar y tienes toda la razón, pero, cuando estoy contigo, cariño, no puedo dejar de pensar en tocarte. Durante los cuatro días que he estado en California no he podido dejar de pensar en ti.

—¿De verdad? —sollozó Jennifer.

—Por favor, no llores. He venido a pedirte perdón por acostarme contigo. Yo sabía que tú no querías nada conmigo, pero no puedo, Jen, no puedo decirte que me arrepiento de haberte hecho el amor porque no es verdad.

—Alex, por favor...

Acepte 2 de nuestras mejores novelas de amor GRATIS

¡Y reciba un regalo sorpresa!

Oferta especial de tiempo limitado

Rellene el cupón y envíelo a

Harlequin Reader Service®
3010 Walden Ave.
P.O. Box 1867
Buffalo, N.Y. 14240-1867

¡Sí! Por favor, envíenme 2 novelas de amor de Harlequin (1 Bianca® y 1 Deseo®) gratis, más el regalo sorpresa. Luego remítanme 4 novelas nuevas todos los meses, las cuales recibiré mucho antes de que aparezcan en librerías, y factúrenme al bajo precio de $3,24 cada una, más $0,25 por envío e impuesto de ventas, si corresponde*. Este es el precio total, y es un ahorro de casi el 20% sobre el precio de portada. !Una oferta excelente! Entiendo que el hecho de aceptar estos libros y el regalo no me obliga en forma alguna a la compra de libros adicionales. Y también que puedo devolver cualquier envío y cancelar en cualquier momento. Aún si decido no comprar ningún otro libro de Harlequin, los 2 libros gratis y el regalo sorpresa son míos para siempre.

416 LBN DU7N

Nombre y apellido	(Por favor, letra de molde)	
Dirección	Apartamento No.	
Ciudad	Estado	Zona postal

Esta oferta se limita a un pedido por hogar y no está disponible para los subscriptores actuales de Deseo® y Bianca®.
*Los términos y precios quedan sujetos a cambios sin aviso previo.
Impuestos de ventas aplican en N.Y.

SPN-03 ©2003 Harlequin Enterprises Limited

Bianca

¿Podría un matrimonio de conveniencia darles a ambos lo que deseaban?

El hermano de Zandro Brunellesci había muerto, ¿quién cuidaría ahora de su pequeño? El despiadado empresario no dudó ni un segundo que el niño debía ser criado como un Brunellesci... y por tanto había que alejarlo de Lia, a la que consideraba una madre poco recomendable.

Lia no tardó en reclamar a hijo, pero Zandro se negaba a entregárselo porque no confiaba en ella. Aunque lo cierto era que aquella mujer parecía haber cambiado mucho... de hecho de pronto él mismo se sentía atraído por la que había sido amante de su hermano.

En sueños te amaré

Daphne Clair

¡YA EN TU PUNTO DE VENTA!

Deseo®

Mujer prohibida
Emilie Rose

Acababa de enterrar a su hermano cuando un momento de dolor y confusión desató la pasión entre Sawyer Riggan y su cuñada, Lynn. Fue un encuentro increíble que ninguno podría olvidar...

Lynn creía que su marido sólo le había dejado varias cuentas bancarias vacías y varias burlas crueles que había leído en su diario, pero quizá hubiera algo más creciendo en su interior. Quizá el matrimonio de conveniencia que Sawyer le proponía no fuera tan descabellado, sobre todo teniendo en cuenta la pasión que seguía habiendo entre ellos. Pero... ¿qué ocurriría cuando descubrieran quién era el verdadero padre?

Hay sentimientos que no se pueden negar... aunque sean sentimientos prohibidos

¡YA EN TU PUNTO DE VENTA!

Bianca

Los suyos sí que eran besos... ¡de venganza!

Raymonde Pascal estaba convencido de que Caitlin era una cazafortunas que había conseguido aquella herencia por medio de la seducción. Y ahora lo había echado de la tierra que él creía que sería suya. Así que cuando descubrió el modo de reclamar lo que ahora le pertenecía a ella, aprovechó su oportunidad para vengarse.

Primero la invitaría a cenar... después tomaría lo que era suyo por derecho...

Una herencia envenenada

Kathryn Ross

¡YA EN TU PUNTO DE VENTA!